流浪，在俄罗斯最美的风景里

牟鹏 著

北京出版集团公司
北京出版社

图书在版编目（CIP）数据

流浪，在俄罗斯最美的风景里 / 牟鹏著. — 北京：北京出版社，2019.9
ISBN 978-7-200-15109-1

Ⅰ.①流… Ⅱ.①牟… Ⅲ.①游记—作品集—中国—当代 Ⅳ.①I267.4

中国版本图书馆CIP数据核字（2019）第184178号

流浪，在俄罗斯最美的风景里
LIULANG, ZAI ELUOSI ZUI MEI DE FENGJING LI
牟鹏 著

*

北 京 出 版 集 团 公 司
北 京 出 版 社　出版

（北京北三环中路6号）
邮政编码：100120

网　　址：www.bph.com.cn
北 京 出 版 集 团 公 司 总 发 行
新 华 书 店 经 销
三河市嘉科万达彩色印刷有限公司印刷

*

880毫米×1230毫米　32开本　7印张　192千字
2019年9月第1版　2019年9月第1次印刷
ISBN 978-7-200-15109-1
定价：49.00元
如有印装质量问题，由本社负责调换
质量监督电话：010-58572393

关于牟鹏

我搞不清自己到底有多少个旅行群，估计有上百个，里面每天有各种图文推荐。朋友圈里，好几百人游荡在世界各地。在这乌泱泱的人群中，要被注意到，是很难的。但我注意到了牟鹏。

我在乐途网发了十几篇文章，都上了首页推荐。他上的首页推荐竟然有243篇，是乐途上首页最多的作者之一。他还在搜狐、今日头条、一点资讯、大风号等平台开专栏，精力充沛。

出门旅行，见识大千世界，故事自然纷至沓来，很多旅行的人都写书了。但真正进入作协的，牟鹏是我知道的第一人。

2017年，牟鹏和我一样得到世界旅行体验师联盟最具影响力体验师的称号。

我不知道牟鹏是何时来到我朋友圈的，但对这个人印象深刻，知道他出过几本书，也因为几件事情有过交往。所以这次他新书找我写序，我欣然应允。

以我初中就开始写诗，现在是小说家的眼光，我觉得他的文笔比较朴素，稍显累赘，开头也不够吸引人。但就像新到一个国家，你必须得经过许多繁复的手续，然后进城，之后才能见识到城市真正的景观，体验到这城市的人文、魅力一样，他的文章，看着看着，你就会发现——确实很有趣。

他是这么写俄罗斯女人的：

"漂亮只限于俄罗斯女人年轻的时候，中老年的俄罗斯女人统称大妈——有着套娃般臃肿身材的俄罗斯大妈。俄罗斯人自己有个笑话，婚前的男人这样说：'我的伊莲娜，你就是我生命中的阳光。'婚后的男人说什么呢？'我的伊莲娜，挪一下，咱家屋里没阳光了。'"

嗯，这就很好看了。

牟鹏是北京人，从小生活在部队大院，专业学的是金融。他的文章，一如他的经历，稳扎稳打。他像很多北京男孩那样，开朗乐观。不管到哪里，他都能很快融入当地，了解他们生活的现状。

十几年前，我有一个好朋友汪剑钊，他是诗人、翻译家、评论家，出版过《中俄文字之交——俄苏文学与二十世纪中国的新文学》《阿赫玛托娃传》等，译著有《普希金抒情诗选》《俄国象征派诗选》等。汪博士说，他对俄罗斯的认识，除了浮光掠影地去过两次，更多来自牟鹏对当今俄罗斯的鲜活记录。

在这个后旅行时代，靠旅行吃饭的人越来越多，如果没有十年功夫，在一个行业里很难出头。经过多年的历练，牟鹏的成绩也一一彰显。

2019年的第一个月，入选"青云计划"优质图文奖的图文一共有13篇。

凤凰网3月份数据出炉，荣登自媒体排名TOP10。

正式启动中国探险协会工作，开始设计七大洲探险线路。

成为《中国国家旅游》特约摄影师。

……

从1997年到2019年这22年间，他走过百十来个国家，足迹遍及七大洲四大洋和南北两极。出版过四本书，接受过无数次杂志、电台、平台的采访，加入了中国作家协会，成为中国探险家俱乐部创会成员，成功辟谷四次。

因为不停行走，他的身材也没变。

十年前体重150斤，十年后还是150斤。

十年前单身，十年后依然单身。

又一个新的十年迎面而来，祝福牟鹏有更光明的未来，遇到更好的自己。

洛艺嘉

2019年7月

旅行的意义

我认为度假旅行最主要有两点益处：一是令身心得到放松，让疲倦的身体放松下来，让长时间满负荷运转的大脑能有个卸载和腾空的过程；二是通过环境、心境的变化让腾空的大脑下载到与平日迥异的信息，发现与以往不同的观察事物的角度。

自然风景绝佳的美洲让人感受到自然的伟大。作为野生动物观赏地的非洲让人发觉对生命有了崭新的体验，人类最后一块净土南极洲让人产生对天地的敬畏，拥有古老建筑的欧洲则让人感叹文化传承的珍贵……所有这一切让人更加理解存在的意义。

我们不仅仅是一个个生命的存在，也不简单是一个利益交换体的存在，更不是与自然的对抗体，而是自然界慢慢演化出来的生命，应该与自然和谐共处。与自然和谐共处，首先要有融入的观念，将自己的心灵、思想、身体和谐地与自然共存，产生相同频率的律动与之和谐共振。如何调试自己的生命频率？如何让身心和谐地与自然共处？是心跳、血压、尿酸、血糖、脉搏等那一切的生理指标？还是业绩、职位、财富、权利、人脉等那一切的社会认定？不管是西方认可的自然规律还是中国传统中的"道"，都不会承认这些人为引用的物理、行政、社会的指标数据。

人是自然繁衍出的物种，融入自然才能明白生命的真谛。常人的生命包括两个部分，一个是生存、一个是生活。都市中高竞争的生存环境，高压力的生存现状，直接造成了各项生理指标的退化，生理的指标直指心理的指标，当生理和心理的承受能力达到极限的时候，适当回归自然，在生存的常态中找寻到一点生活的意趣。

俄罗斯就是这样一个地方，圣彼得堡的冬宫让您与人类的艺术瑰宝面对面交流，莫斯科的红场让您畅想沙俄、苏联以及现在俄罗斯的历史，伊尔库茨克的贝加尔湖让您体验大自然给予人类的馈赠……所有这一切都会让您即可明白每天的贪婪只能让自己积聚出无数生理和心理的垃圾，及时地清除才能释放自己，让疲惫的身体和精神如释重负，焕发活力。来吧，开启一场说走就走的旅行，重新找回自己，亲自探寻未来的秘密！

牟　鹏
2019年7月

目录

俄罗斯之心：圣彼得堡

"没去过圣彼得堡，就没有真正到过俄罗斯。"

当头一棒，并不美好的开端 / 2
我来了！圣彼得堡 / 5
男性化的宫殿——夏宫 / 16
女性化的宫殿——叶卡捷琳娜宫 / 26
沙俄的皇宫——冬宫 / 38
我的最爱——涅瓦大街 / 50
圣彼得堡的教堂 / 57

圣彼得堡，北方的威尼斯

圣彼得堡有44个岛屿，由580多座桥梁相连，是世界上最美的水城之一。

涅瓦河畔也有狮身人面像 / 70
彼得大帝的勃勃雄心 / 72

沙皇的归宿——彼得保罗要塞 / 76
圣彼得堡的广场 / 82
物超所值的涅瓦河游船之旅 / 92
苏联从这里走来 / 98
登上开往莫斯科的火车 / 102

 莫斯科是一个世界

"世界上许多城市里有森林,而莫斯科是森林中的城市。"

莫斯科第一高峰海拔只有220米? / 108
七姐妹楼:苏联的形象工程 / 112
普希金与阿尔巴特步行街 / 116
谢尔盖耶夫小镇 / 120
来奥菲斯套娃工厂亲手制作一个套娃 / 128
去克里姆林宫近距离欣赏国宝 / 132
俄罗斯人心中的圣地——红场 / 142

凝望莫斯科，每一个瞬间都是史诗

莫斯科地铁以其华贵典雅著称于世，成为莫斯科人的骄傲。每个车站都有精美的浮雕、壁画和别致的照明灯具。

堪比人文景观的古姆百货 /	146
因建绝美教堂，他们被剜去双眼 /	150
从未闭馆的博物馆，承载着历史的辉煌 /	156
地下的艺术殿堂——莫斯科地铁 /	162
莫斯科凯旋门 /	166
俄罗斯最不缺美女和酒鬼？ /	169
俄罗斯国徽竟是舶来品？！ /	172

我们流连忘返，在贝加尔湖畔

纯粹、干净、清澈、灵动。我已彻底融入贝加尔湖这片仙境中，不愿离开。

西伯利亚的明珠——伊尔库茨克 /	176
西伯利亚的蓝眼睛——贝加尔湖 /	180
畅游在东方巴黎——伊尔库茨克 /	190
伊尔库茨克的情人——安加拉河 /	198

俄罗斯之心:圣彼得堡

"没去过圣彼得堡,
就没有真正到过俄罗斯。"

当头一棒，
并不美好的开端

　　我从北京搭乘俄罗斯航空的飞机前往莫斯科，再换乘同属俄航的航班前往圣彼得堡。"战斗民族"经营的俄航，有着不少"传奇"。在大雪纷飞的伊尔库茨克，俄航机长让乘客下机，把飞机推到跑道上强行起飞。2010年冰岛火山爆发导致欧洲上万次航班取消，唯有俄航坚持飞行。2016年3月，一架在飞行的俄航班机接到来自机场的通知，在机场跑道上发现了它的轮子，令其马上返航。这还不算，俄航至今还保持着劫机犯无一幸存的纪录。不过我的运气不错，这次旅程没有遇到什么特殊情况，机长的一身本领没有机会肆意发挥，"客机里的战斗机"一路飞行平稳。

　　飞机上的俄文杂志里有中华车、联想手机、海尔Wi-Fi智能空调的广告，看来中国的影响力已经先于我到达了俄罗斯。说到硬件水平，俄航确实教人难以恭维。飞机上没有给手机充电的USB插口，这种基础配备就连屡次出事的马航都有；娱乐系统简直就是摆设，电视没有节目，甚至连飞行信息都没有，根本别想看到飞行的实时情况。俄航的服务同样令人无语，由于是夜航，我一上飞机就戴上眼罩睡着了，不知过了多久，感觉有人轻抚我的肩膀，我摘下眼罩一看，是位空姐，她笑眯眯地给了我一块水果糖。正当我感觉莫名其妙时，旁边的人告诉我这是例行服务项目。人家严格执行着服务程序，服务周到，一丝不苟，就是没有考虑到旅客当时的状况——你吃也得吃，不吃也得吃。俄罗斯人脑筋不会转弯，不过他们从不认为这是缺点，认死理好像是他们引以为傲的事情。据说曾经有一个俄罗斯人对中国人说，我们俄罗斯人换个灯泡需要5个人，1个人站在桌子上，其余4个人分别抓住桌子的一条腿，桌子上的人确定自己抓住灯泡后，其余4个人开始抓着桌子腿转起来。他说这番话时，可是一点也没有自嘲。

我于凌晨1点上飞机后就抓紧时间睡觉，2点多就被叫起来吃饭。飞机餐里湿纸巾、牙签、白糖都是中国产的，饭菜的质量一般，和土耳其航空的飞机餐差得很远。3点多天就亮了，我索性摘下眼罩活动活动筋骨，没想到却看到了奇异的天象：从舷窗望出去，飞机的右侧是红彤彤的朝霞，十分壮观；飞机的左侧却是漆黑的夜空中挂着一轮圆月。我和一个曾在俄罗斯做服装生意的中国人闲聊，她生意好的时候一天能赚十多万人民币，但不好的时候也赔钱，不过总体来说在俄罗斯做生意利润惊人。

我于当地时间早晨4点20分到达莫斯科，机场通道很矮，当然了，这不是莫斯科唯一的机场，不过其他的机场更差。我觉得在机场硬件方面，中国的水平是世界上最好的。就拿美国来说，不管是洛杉矶国际机场还是纽约肯尼迪机场，跟中国的机场比起来就像个火车站。机场的服务设施呢？很多国家机场的行李车都是收费的，而且只能在白天上班时间花钱租用。最要命的一次经历是在西雅图，由于野蛮装卸，我行李箱的轮子碎了，我在早上5点提着将近50斤的行李箱好不容易找到行李车，却因为没到上班时间无法租赁，我只能提着行李满机场寻找接我的朋友。

正想着在俄罗斯的机场会不会有这样遭遇的时候，突然发现身边很多人都用塑料薄膜把行李箱包裹得很厚，仅仅给拉杆留出空间。这种塑料薄膜价格不便宜，要400卢布，约80元人民币。我当时实在是不理解，等我经过1小时20分钟的飞行到达圣彼得堡机场时，所有的不解立马烟消云散。在行李转盘处取出自己的行李箱后，我发现我的单反相机被偷了。

这就是我进入俄罗斯后发生的第一件事儿,虽然这次旅行的开始并不美好,但总不能因为一件事影响整个俄罗斯之旅吧?想到这里,我还是假装高高兴兴、没心没肺地笑着走出了机场,迎着俄罗斯的朝霞昂首阔步地踏上了俄罗斯大地,正式开始我的第一次俄罗斯之旅。

我来了！
圣彼得堡

圣彼得堡是俄罗斯最大的港口，也是俄罗斯第二大城市，位于波罗的海芬兰湾东岸，涅瓦河口。我感觉它的面积没有想象中的大。首先是市区面积，从市区边缘地带的瓦西里岛开车到位于市中心的涅瓦大街没多长时间。郊区呢，由于人口稀少显得很荒凉，感受不到大都市的繁华。圣彼得堡总人口为540多万人，可这个统计数字并不准确，俄罗斯人口普查是自愿形式，你不愿意就可以不参加，所以我严重怀疑圣彼得堡甚至整个俄罗斯人口数量的统计结果。

圣彼得堡的风景绝对是这个城市的亮点。除著名的沙俄时期建筑外，圣彼得堡还有40余个岛屿，由几百座桥梁相连，它的河流、岛屿与桥梁的数量，均居俄罗斯之冠，被誉为"桥之都"。水能给一座城市增添灵气，精美的建筑在水波中的倒影好似让城市平添了层次感。中国的苏州、欧洲的阿姆斯特丹（圣彼得堡就是仿它而建）、威尼斯，美国佛罗里达州的劳德代尔堡，都是世界上风景独特的水城。同样的，圣彼得堡也是世界上最美的水城之一。

由于彼得大帝想让俄罗斯向西方学习，引进欧洲先进的科技、文化，并特意把首都从莫斯科迁往距离西欧发达国家更近的新建城市圣彼得堡。今天的圣彼得堡市高校、科研机构、文体设施林立，其中位于涅瓦河口的圣彼得堡体育场还承办了2018年世界杯足球赛的部分赛事。

这些使圣彼得堡当之无愧地成为俄罗斯的文化之都,我想这与当年彼得大帝在这里强行推广"全面崇欧"的政策不无关系。当年在圣彼得堡,上层社会都要学习欧洲,举办舞会、推广法语、开办学校,让俄国快速向文明靠近,不得不佩服彼得大帝长远的战略目光。彼得大帝在17世纪末就看到了拓展海权的重要性,今天所说的"掌控了制海权就掌控了世界"的说法,彼得大帝在300多年前就已经清醒地认识到了。直到今天,俄罗斯虽然还不富有,但教育却一点也不落后,60%以上的俄罗斯人、70%以上的圣彼得堡人拥有大学学历,98%的俄罗斯人高中毕业,给这个国家日后的发展提供了坚实的人才储备。所以圣彼得堡从建立之初至今,都被称为"俄罗斯最欧洲的城市",顺理成章地成为俄罗斯青年最向往的城市。圣彼得堡是俄罗斯的历史缩影、教育之都、文化中心,难怪圣彼得堡会被誉为"俄罗斯的北方首都"!我极为赞同俄罗斯的一句谚语:"没去过圣彼得堡,就没有真正到过俄罗斯。"

圣彼得堡经历过三次更名:1914年,

▲ 圣彼得堡郊外的芬兰湾

▲ 圣彼得堡的彼得保罗教堂

因"去日耳曼化"的风潮而更名彼得格勒；列宁逝世后更名为列宁格勒；1991年又改回了它最初的名字——圣彼得堡。圣彼得堡闻名于世界的另一个原因是第二次世界大战中那场著名的列宁格勒保卫战——从1941年9月开始，直到1944年1月27日结束。希特勒扬言很快占领列宁格勒。面对德军的疯狂进攻，苏联西北方面军总司令伏罗希洛夫元帅向当地军民发出号召："在列宁格勒大门口，要用我们的血肉之躯，阻挡敌人前进的道路！" 在德军围困列宁格勒的日子里，飞机、大炮摧毁了所有通向列宁格勒的道路，只剩下涅瓦河这唯一的交通命脉，城中几百万人口生活、作战的物资，全靠它来运输，所以涅瓦河也被称作"生命通道"。城中军民每人每天只能吃一丁点儿一半面粉一半木屑粉做成的黑面包。就

是在这种艰苦的条件下,在100多万条生命的代价下,英雄的列宁格勒人民挺到了战胜纳粹的那一天,为"二战"最终的胜利奠定了基础。列宁格勒保卫战是人类近现代史上持续时间最长、伤亡人数最多、损失最惨重的一场战争。

莫斯科大街是圣彼得堡最长的一条大街,长11千米,有7座地铁站。俄罗斯闻名于世的地铁站装饰震撼着每一个游客,真想不明白为什么俄罗斯人会把交通繁忙的地铁站设计得比宫殿还要富丽堂皇。圣彼得堡的地铁站我去过两个,一个是位于起义广场的以苏联著名左派诗人名字命名的马雅可夫斯基站,还有一个是涅瓦大街上的涅瓦大街站,从外表看一个像邮局,另一个像购物中心,我完全是误打误撞进去的。因为最漂亮的地铁站都在莫斯科,所以在这里我并没有下到地铁站台。圣彼得堡的地铁站确实没有莫斯科的漂亮,但比莫斯科的深。俄罗斯最深的13个地铁车站中,圣彼得堡占据12席,最深达102米。

圣彼得堡护城河是19世纪市区的分界线,相比之下18世纪市区马路明显窄了。为什么圣彼得堡市区如此亮丽?我感觉应该是涅瓦河的功劳,这条河全长74千米,其中有28千米流经圣彼得堡市内,河水涨起来的时候会淹没市区,因此市区道路不断加高。我在市区闲逛时最困惑的就是街道两边的楼房,去一层得往下走,总以为是地下室,其实是道路加高的缘故。

这次来圣彼得堡我住在赫赫有名的十月酒店,这里位于市中心,紧挨着莫斯科火车站和起义广场,交通极为便利,想要欣赏圣彼得堡最著名的沙俄时期的建筑,这里的位置可谓得天独厚。它没有现代化酒店那种明亮,反而让人觉得被一种暗淡肃穆的氛围所包裹。酒店的墙壁极厚,窗户也都是双层的,中间的距离足有半米,是典型的沙俄气质,就是那么霸气,霸气到连空调都没有。不是不舍得花这个钱，而是确实用不到空调。不用进房间，在大厅里就能充分感受到冬暖夏凉的特点。出了电梯走在楼道里的感觉出奇地好，如果楼道里铺的是鲜艳的红地毯，保证让你有一种接待国家元首的感觉，本来我就是来这儿睡个觉，竟然让我住出了庄严的感觉。

　　来到圣彼得堡这天是阴天，6月的气温仅有区区13摄氏度，体感很凉，在北京的衣服已经明显不适于当地的天气，不过心情的确好得出奇。北京炎炎烈日的煎熬在这里消失得无影无踪，清新凉爽的空气直接通过鼻腔钻进五脏六腑，最明显的感觉是沉——空气好沉，感觉吸进肺里一下就沉底儿了，一下子把肺脏内的雾霾给砸了出来。我来的时候正好属于圣彼得堡极昼期间，晚上1点天黑，3点多就天亮了。

　　宾馆的窗帘很薄，得戴眼罩睡觉，甚至需要两个眼罩。不知道为什么俄罗斯酒店都挂那么薄的窗帘，无论是在圣彼得堡还是在莫斯科、伊尔库茨克。俄罗斯酒店还有一个特点是床很窄，我这么瘦的人一翻身都担心自己滚下去，这要是个俄罗斯胖大婶儿，两边的肉估计都能掉床下面去。民间曾有这样一个传说，据说彼得大帝曾经被瑞典人俘虏过，后来就把床锯成一半，所有军人都睡这种小床以提高警惕性，所以直到现在高大的俄罗斯人都是趴在床上双手耷拉下来抱着床睡觉。但我觉着这个传说很不靠谱，因为我去瑞典旅游时，那里酒店的床和俄罗斯的一样窄，难道瑞典国王也被沙俄士兵从床上抓走过？除了窗帘和床，酒店无可挑剔，墙体厚实隔音很棒，不像现代的连锁酒店，隔壁一洗澡，还以为自己房间漏水了呢。高度也不是今天的酒店能比的，躺在小小的床上看着这么大空间的客房，都担心自己说话会有回音。

　　在圣彼得堡的第一夜，我的睡眠质量还是向俄罗斯酒店薄薄的窗帘投降了。3点多天已经开始亮了起来，我索性起床向窗外看了看，没想到大街上的人并不少。我打开窗户感受了一下外面的气温，穿上特意带来的夹克衫奔出了酒店大堂。由于天亮得太早，我也搞不清大街上的人到底是没睡还是起得和我一样早，反正看街上的热闹程度有点像北京晚上10点的样子,虽不至于熙熙攘攘,但来往的行人绝不在少数。出酒店左转向起义大街走去,让我大感意外的是在欧洲这个极为注重劳工权益的大地上,早上4点居然还有很多商家依然在营业。

在起义广场的路口,我看见有家店的大门敞开着,我以为是超市,走进去后大吃一惊,这里居然是一家书店,让我"大吃二惊"的是书店里的读者比白天北京书店里的读者都多。看到里面的人坐在沙发上端着一杯咖啡看着书,我第一反应这里是不是一家图书主题的咖啡厅,但看到书架上琳琅满目的书价签才百分百确定这里确实是一家书店,普通的书300~500卢布一本,约合60~80元人民币,明显比国内贵一些。不得不说,西方人这个特点真值得咱们中国人好好学习,德国公交地铁里的乘客都是人手一本书在读,和北京地铁里人手一个手机或iPad比起来让人有种说不出来的滋味。在美国,只要不涉及人工的花销都比国内低,只

▼ 圣彼得堡起义广场的夜景

有一个商品除外，那就是书。一本书的价格在数字上和国内差不多，只不过人家是美元，即便如此，人们看书的比例还是比国内要高出许多。

走出书店，我开始在市内漫步，这是认识一个城市的最佳方式。明明是凌晨，大街上却热闹非凡，街道边的酒吧人满为患，也许是刚看完世界杯开幕式的比赛，高昂的情绪在酒精的浸泡下越烧越烈，不光在酒吧里，酒吧外沿街摆放的桌椅旁也有不少人在狂喝滥饮。虽然正处夏季，但凌晨4点的圣彼得堡气温只有零上几度，我从北京带的夹克衫已明显不能满足保暖的需求，上牙和下牙不停地撞击，冷得甚至不敢倒吸凉气。街上行人的衣着严格分成两派，一派是身着羽绒服的早起人群，一派是熬过一夜穿着超短裙的妖艳女郎和喝醉酒后穿着T恤的俄罗斯壮汉。在这样的温度下，许多醉鬼宁可在街边狂饮也不钻进酒吧里避寒，在街边他们可以肆无忌惮地大声叫喊，可以旁若无人地挑逗路过的女郎，同时也能毫不见外地和我这样的游客称兄道弟。醉酒的俄罗斯人没有最热情只有更热情，首先是冲你伸出大拇指大叫，邀你过去喝几杯，如果拒绝了他们，人家直接拦住你的去路，兴高采烈、手舞足蹈地向你展示着他们的好客，你也只能被迫与他们表现着友好和亲近。其实这倒不是什么问题，问题是大家眉飞色舞地高谈阔论完全是在鸡同鸭讲，他们掏心掏肺地用我听不懂的俄语诉说衷肠，我用他们听不懂的英文礼貌地回绝这么高昂的热情，在旁人看来我们好像是多年未遇的朋友一样亲热，在谁也听不懂谁的话的前提下，我们在涅瓦大街上居然很整齐地笑作一团，他们笑是因为酒精，我笑是因为要赶走身上的寒气，特意营造出这么一个热烈的氛围。当天早上的气温我的确忘记了，但我清楚地记得几天以后圣彼得堡的最低气温是零下6摄氏度。

好不容易才告别了这几个酒鬼兄弟，自己一个人向着涅瓦河走过去，路上竟然还看见了一个中式的月亮门，门后面是典型的中式亭子，典型的中国红极为醒目，与周边的建筑形成强烈反差。再往前走就到了涅瓦河大桥，在涅瓦河上共有9座风格各异的大桥，都是可开启的，每天凌晨1:30—4:30，9座大桥全部从中间

▲ 涅瓦大街的雕塑

抬起，以便让大型船只通行。

　　夏天圣彼得堡的乌云很低，比非洲辽阔的马赛马拉大草原还要低许多。面对这奇异的天象，我不敢多看，颈椎好像都被这超低的乌云压得直疼。乌云映照在涅瓦河中，河水也变成了黑色，在这两者中间是百年历史的涅瓦河大桥和来自中国身着极不协调白色夹克衫的我。

　　圣彼得堡不光有涅瓦河这些自然景色，人文景观也堪称经典，其中最为经典的就是它的建筑，即涅瓦大街两旁沙俄时期风格的若干建筑，还有带有洋葱式圆顶的东正教堂。当然了，沙俄的宫殿是游客不可不看的景点，黄白相间的夏宫、蓝白相间的叶卡捷琳娜宫以及绿白相间的冬宫都在那里静静地等待我去参观。皇家宫殿的强大吸引力外加圣彼得堡早间温度的推动力，让我一路小跑地逃回了十月酒店，准备开始我一天的文化之旅。

男性化的宫殿
——夏宫

想了解圣彼得堡就不能忽略它的宫殿。沙俄时期,圣彼得堡的王公贵族争相修建自己的宫殿,但对于旅行者来说,必去的有三个:世界四大博物馆之一的冬宫、男性化的夏宫和女性化的叶卡捷琳娜宫。

▼ 夏宫的金色洋葱式圆顶

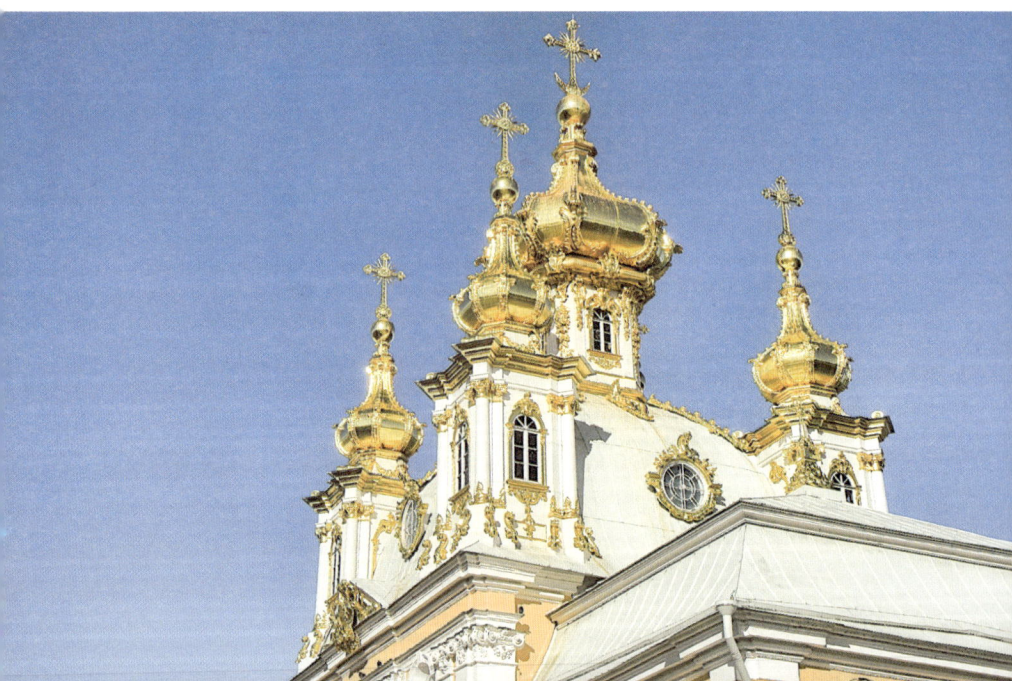

▲ 夏宫下花园的金色雕塑

夏宫给我留下的第一印象是发生在"二战"时期的真实故事。希特勒在发动对列宁格勒的总攻时曾放言,要在列宁格勒著名的阿斯托里亚酒店举行庆功仪式,随着战事的变化,他又打算在夏宫举行新年胜利庆祝会。这下可激怒了苏联人民,在1941年12月至1942年1月期间,斯大林下令炸毁这座宫殿,以阻止德国人的庆祝活动。直到今天,夏宫里还有当年被炸毁后一片破败的照片。经历了战争摧残的夏宫在"二战"后被修复,并被联合国教科文组织列入《世界遗产名录》。

夏宫是位于圣彼得堡西南大约30千米处的一座金色宫殿,面向美丽的芬兰湾。夏宫是彼得大帝在欧洲留学期间深受凡尔赛宫影响而决意修建的,目标是超过凡尔赛宫,至少花园和喷泉要超过凡尔赛宫。不过以我个人观点,单从建筑角度来说,凡尔赛宫给我的震撼要超过夏宫,虽然彼得大帝最重视的花园确实好看,但不能不说自然环境的功劳很大。如果夏宫不是建在芬兰湾岸边的森林里,真不敢说它的知名度还会不会这么高。美丽的波罗的海,迷人的芬兰湾,紧挨着岸边的森林,让夏宫若隐若现地安坐于海岸边,有点"犹抱琵琶半遮面"的意味。6月的俄罗斯天气还很凉,树叶的颜色有点类似于北京4月刚长出树芽时的那种嫩绿,而不是已经进入夏天的那种墨绿色。我们都知道风景如果太靠色,会把整体的视觉感受降低,就像世界知名的美国东北部深秋的红叶,就是因为在苍松翠柏和蓝天的映衬下,火红的树叶仿佛燃烧的火焰一样从中间蹿了出来,视觉的立体感、冲击力对眼球是个挑战,究其原因不外乎景色中巨大的色差形成的震撼力。

芬兰湾海面的颜色是我意想不到的黑色,没错!就是黑色!晶亮的黑色!海面上空的云压得低低的,森林里的参天大树顶着嫩绿的树叶仿佛要冲破云层,晶亮浩瀚的黑色加上灰白厚实的云层,在一片嫩绿的包裹下,金色的夏宫洋葱式圆顶一下就扎入你的眼球,色彩之丰富、色差之迥异绝对给你的视网膜带来前所未有的美感。还有一个视觉之外的感受,就是圣彼得堡6月特有的清洌空气,吸入体内那种重重的感觉,那种新鲜空气进入身体由内而外的置换感,视觉的冲击力加上空气的通透力让身心从外而内地受到"重击",所有的感觉、所有的景色瞬

▼ 芬兰湾

间就让大脑的海马体感动得仿佛马上要化了一样。

随着战略扩张,在版图不断扩大的基础上,彼得大帝的心态也明显发生了变化。为了彰显俄罗斯的大国地位,彰显沙皇俄国的国力,他于1714年下令兴建夏宫。占地近千公顷的夏宫是由瑞士人多梅尼克·特列吉尼设计的,建成以后成为历代沙皇的郊外行宫,后经进一步雕琢、润饰,使得它更加美丽、迷人。

彼得大帝是个奇才,他注意到芬兰湾的地形是从海边有层次地不断升高,便开始构思如何灵活运用水源建筑一座宫殿。他亲手设计安装了喷泉系统,在庭院之中的石子路下面暗藏机关,只要踩在上面便有水柱由四面八方喷射,据说这是彼得大帝闲暇之余戏弄大臣玩的。

夏宫著名的下花园由喷泉、公园、宫殿组成,使夏宫有"喷泉之都""喷泉王国"的美称。在占地超过100公顷的森林花园深处还蕴藏着百余座雕像,150座喷泉,2000多个喷柱及两座梯形瀑布。比较著名的有金字塔喷泉、太阳喷泉、橡树喷泉、亚当喷泉、夏娃喷泉等。大大小小喷泉的水珠在阳光下飞舞,呈现出彩虹般的绚丽光华。广袤无边的下花园中,嫩绿的树叶和金色的雕像成为初夏的主题。顺着主道往芬兰湾走去,园中步步有泉、处处见水。每座喷泉各有其风采,有人物、有动物,造型惟妙惟肖。所有人工的艺术被自然的芬兰湾景色覆盖,人工的雕琢和大自然的鬼斧神工和谐地印刻在你的视网膜之上,经过视觉神经的传输在大脑里投射出极具震撼力的画面。这里的喷泉与众不同——没有抽水系统,夏宫喷泉都是从邻近的罗普沙高地修渠引水,利用高地造成水的自然压力形成了喷泉,水柱形成的瀑布分左右两边从7层台阶上奔流而下到底下的水池,然后顺着人工河道流入波罗的海。在18世纪建造出的这套循环系统,保证整个喷泉水流源源不断,使其不论在艺术观赏性,还是技术工艺性上都堪称是那个时代的杰作。

为配合夏宫顶部的金色洋葱式圆顶,楼体的颜色也被刷成黄白相间。白色是俄罗斯民族的肤色;金色代表财富,更代表权力。论宫殿的面积,女性化的叶卡

▲ 下花园的金色雕塑

    捷琳娜宫比夏宫要大，我之所以认为夏宫是极具男性化的宫殿，可能就是因为它特有的强悍颜色和波罗的海的涛声。

    进到夏宫后先是存包，然后套上鞋套，随着各种肤色的人群缓缓行进。令我大感意外的是，宫殿内部居然不许拍照，只能靠双眼欣赏。夏宫最有名的大厅是金色大厅。向墙角望去，金色的雕塑有着明显的色差，颜色暗的是1721年的原始物件，金碧辉煌的是修饰过的，看来任何东西都逃不过时间的魔咒，如果保持原样的话，这个大厅一定展现不出今天的震撼力。还有一个能让中国人感兴趣的大厅——中国厅，里面自然都是中国风格的装饰，中国风格的家具和瓷器以及挂在墙上的漆画无一不彰显了浓郁的东方风采。

    宫殿里的紫水晶吊灯、数不清的油画真迹能让所有的游客目瞪口呆。与如此奢华的场面极不和谐的是一个马桶堂而皇之地被摆在一个很显眼的位置，那可是彼得大帝用过的马桶，因为在彼得大帝时期宫殿里还没有下水系统。还有个奇怪的现象：夏宫里面的钟很多都不运转了，冬宫的钟都在运转，叶卡捷琳娜宫的钟

▲ 下花园由彼得大帝亲自设计的阶梯喷泉

▲ 冬季的上花园

大部分都在运转。转眼间将近300年的时间过去了,遥想当年彼得大帝从圣彼得堡坐马车来夏宫,中间都得在路上住一晚,所以彼得大帝喜欢坐船直接从芬兰湾过来。

夏宫上花园15公顷的面积和下花园100多公顷的面积比起来小了不少,这里甚至都不用买票就可以参观。别看小,这里喷泉、雕塑一样不少,只不过在数量和质量上不能和下花园比。喷泉的水池是平面的,不像下花园那样高低错落,雕塑也没有下花园那种镀金的装饰。不过在上花园里整齐地排列着几排树,修剪得极为精细，甚至树杈都严格按照行距把控。我立刻拍照并发至微信朋友圈，得到了朋友一句经典的评价："通往天堂的道路。"参观夏宫有个最好的季节，就是秋天。那时，夏宫上下花园的树叶都开始变色，整个视野都被五彩斑斓的叶子填满，加上俄罗斯高透明度的空气，仿佛把这幅美景又PS了一遍，完全是反转片的影像效果，保证让你不虚此行。

  在夏宫附近有一座圣彼得和圣保罗教堂，有些像我最喜欢的滴血救世主教堂。因为这两座教堂的外观颜色有点偏巧克力的颜色，虽然也是深色系，但显然缺乏一般教堂庄严肃穆的感觉。比起滴血救世主教堂，圣彼得和圣保罗教堂的规模小了一些，而且显得很新，看不出一般教堂的那种历史厚重感。其实圣彼得和圣保罗教堂在1905年就建成了，也有110多年的历史了。不过1935年的时候被关闭，内部装饰也被损坏。教堂从1975年开始重建工作，1989年开始，以崭新的面目重新面对来此祷告的教徒。

女性化的宫殿
——叶卡捷琳娜宫

每当听到叶卡捷琳娜宫的名字，我第一想到的并不是叶卡捷琳娜二世，而是与叶卡捷琳娜宫关系没那么大的叶卡捷琳娜一世。应该是我对俄罗斯的历史并不太熟悉的原因，只要提到叶卡捷琳娜我的反应都是一世，而她的外孙媳妇，那个对俄国历史产生重大影响的、被称为大帝的叶卡捷琳娜二世，我要稍稍反应一下才会想起她。没错，叶卡捷琳娜宫的确是彼得大帝为叶卡捷琳娜一世而建，不过在1724年建好的时候只是个有着16间房的两层建筑，直到叶卡捷琳娜一世去世都是如此，她在世的时候可没有看到今天这座金碧辉煌的宫殿的福气。她的女儿伊丽莎白女皇把这个宫殿进行了扩建并命名为叶卡捷琳娜宫，以纪念母亲。叶卡捷琳娜二世上台以后继续扩建，使宫殿的占地面积达100多公顷，最终成为我们今天看到的规模宏大的园林建筑群。

宫殿旁边还有亚历山大花园，那是叶卡捷琳娜二世的孙子亚历山大的行宫，所有这些加在一起被称为"皇村"。1811年，12岁的普希金进入皇村中学读书，度过了6个年头，就连假期也没离开过学校。1937年人们为了纪念他而把皇村的名字改为普希金城。直到今天，紧挨着叶卡捷琳娜宫的普希金曾就学的黄色小楼外不远处，还矗立着普希金的雕像。这座普希金的雕像是我看到过的最慵懒的一座雕像：普希金斜靠在椅子上，上衣的衣襟是敞开的，右脚还别在左腿后面。

▲ 普希金城里的普希金雕像

叶卡捷琳娜宫外观呈蓝白金三色，分别代表美丽的俄罗斯女人白色的皮肤、蓝色的眼睛和金色的头发，充分散发着女性的魅力。相对于夏宫的金色，这里明显缺少了权力的意味，多了一些女性的柔美。原来叶卡捷琳娜宫外墙上的人像雕塑也是那种霸道的金色，叶卡捷琳娜二世在夏天看到金色反光总以为是着火了，就下令把金色去掉。

走进宫殿目光所及之处都是金色：金色大厅、金色走廊，这要是在国内一定有种土豪到极致的感觉，但在叶卡捷琳娜宫里的感觉却是流光溢彩。尤其是860平方米的金色大厅，最初这里是举行豪华舞会的地方，伊丽莎白女皇曾在这里接待宾客，大厅两侧有宽大的双排窗，窗户之间以及大厅两侧的墙壁上镶有巨型镜子。商品社会的大潮已经蔓延到世界每一个角落，甚至连叶卡捷琳娜宫这样的俄罗斯国宝级文物也没能幸免。今天的叶卡捷琳娜宫也向外出租举办各种宴会、活动、仪式等，我还真不知道在这里举办一次活动得花多少钱，但有个参考数据，冬宫举办一次晚宴是2500欧元。

▲ 蓝白金三色的叶卡捷琳娜宫

    金色大厅的恢宏确实震撼到我这个小民了，大厅内点蜡烛的灯台有666个，再看看四周墙壁上悬挂的众多镜子，就可以想象出在沙俄时期圣彼得堡郊外，在庄严的叶卡捷琳娜宫里，在金色大厅的餐桌旁，666个蜡烛灯台一起点亮，借助于大厅内无处不在的镜子反射，圣彼得堡的夜色立马打消了笼罩叶卡捷琳娜宫的企图，被金色大厅的烛光驱赶得无影无踪。

    大厅天棚的画描绘的是四大洲（亚洲、非洲、美洲、欧洲）向俄罗斯献礼，让人不得不想起彼得大帝唯我独尊的霸气，不得不想起沙皇俄国那段荣耀的历史。对这种荣耀的最佳阐释就是金色大厅里面一共用了8公斤的金箔，将860平方米的大厅粉刷得金碧辉煌，却丝毫不会让人联想到暴发户。大厅内的金饰部分10年粉刷一次，以保证所有来此参观的游客都能充分感受那份历史上的荣耀。在大厅角落的一个窗户上特意摆放了两个暗淡无光的小金人，为游客展现如果不维护这个大厅的样子。

　　连接金色大厅与其他展厅的是一条长长的金色走廊，黄金的运用在叶卡捷琳娜宫无处不在，但真正昂贵的并不是这些黄金，宫殿里面码放的来自中国和日本的瓷器在当时的价格是黄金的两倍，是荷兰人卖给俄国人的，其中掺杂着不少赝品。必须提到的是中国的瓷器尤其贵，而且不能使用只能观看欣赏，很多中国瓷器都高高悬挂在墙壁上特意搭出来的小台之上。能与黄金媲美的不仅有中国的瓷器，居然还有白砂糖！在当时的俄国，白砂糖的价格堪比金粉。在展厅餐桌上的盘子里码放着好似有一层白霜的水果，其实水果并不是真的，而是用面粉和牛油果做出来的，在水果表面撒上一层白砂糖以显示沙皇俄国的富庶。还有一个精巧的创意是餐桌的形状是伊丽莎白女皇名字的首字母。

　　叶卡捷琳娜宫最著名的并不是我最喜欢的金色大厅，而是被誉为"世界第八大奇迹"的琥珀宫。1716年，彼得大帝访问普鲁士，威廉一世将琥珀宫作为礼物送给了他。在琥珀宫的帮助下，普鲁士和俄罗斯结成联盟，共同对抗瑞典。可当时俄罗斯人对这些壁板如何安装并不知晓，便放置在那里了。伊丽莎白女皇当政时命令意大利建筑家拉斯特雷利在老冬宫里修建琥珀宫，拉斯特雷利采用洛可可风格，对琥珀宫进行了重新设计，采用了镜片和宝石的镶嵌工艺，使它变得美轮美奂。这些琥珀、宝石和黄金的总数量达10万片之多，总重量超过6吨。

　　第二次世界大战时，德军占领了叶卡捷琳娜宫，德国极其重视这一无价之宝，便在1941年10月14日，将琥珀宫的所有琥珀拆下，运往东普鲁士的柯尼斯堡（今俄罗斯加里宁格勒州首府加里宁格勒）。1945年初，希特勒下令将琥珀宫紧急转移，但命令下达后不久，柯尼斯堡便遭到盟军的大规模空袭。1945年4月9日，苏军占领柯尼斯堡，却未发现琥珀宫的下落，至此，琥珀宫神秘失踪。70多年来，无数探宝者和历史学家都想解开琥珀宫失踪之谜，但都无果，这成为20世纪最著名的悬案之一。

　　苏联从1980年就开始对琥珀宫进行修复，尽管材料十分匮乏，但凭借工匠们

▲ 叶卡捷琳娜宫的金色大厅

▼ 精美的金色装饰

的努力及原有照片的资料和战争赔款,俄罗斯最终于2003年圣彼得堡建都300周年时如期完工。琥珀宫也得以重新将其优雅的姿态展示于世。琥珀宫是叶卡捷琳娜宫唯一不让拍照的房间,只能目睹它的华丽而不能用影像留存这份奢华的记忆。厅内的墙板共有14块琥珀板,足足有850公斤重,镶嵌在黄金里装饰了整整三面墙壁,极尽奢华。里面极其珍贵的血珀都是拳头大小的,其中当然缺不了蜜蜡,难怪琥珀宫会被称为"世界第八大奇迹"。

走出宫殿,呈现在眼前的是花园草坪,青草、白色和黑色的碎石还有红色的细沙,构造出美丽的图画。这还要感谢叶卡捷琳娜二世,她将原来呈几何形布局的花园改建成时髦的英国式园林。因为此时欧洲的文化潮流已演变为以自然为本的古典主义,这一理念同样被引入园林艺术中。于是,蜿蜒小径代替了笔直的林荫路,修剪整齐的草坪变成厚密茂盛的草地,任其自由生长的团团树林仿佛天然生成。湖边的卡梅隆柱廊,湖心岛上的餐厅,湖边的咖啡厅,茂盛的大片树林,还有一座伊朗人出钱修复的清真寺,共同构建了叶卡捷琳娜宫的自然美景。我还发现了一个有趣的现象,圣彼得堡城里的乌鸦是灰色的,而叶卡捷琳娜宫所处的郊区,乌鸦是黑色的,"天下乌鸦一般黑"的铁律在圣彼得堡彻底失效。一方水土养一方人,这里乌鸦的叫声也像这片土地上的"战斗民族"一样,气势雄伟,直来直去,绝不拐弯。

虽然叶卡捷琳娜宫是彼得大帝为叶卡捷琳娜一世修建的,伊丽莎白女皇也对这里进行了大规模的改造,但这里真正成为闻名世界的古迹,还是叶卡捷琳娜二世的功劳。叶卡捷琳娜二世(1729—1796年),即叶卡捷琳娜大帝,全名叶卡捷琳娜·阿列克谢耶芙娜·罗曼诺夫,俄罗斯帝国最后一位女皇。1745年,叶卡捷琳娜嫁给未来沙皇彼得三世为妻,彼得三世身体羸弱、意志薄弱、性格乖张,婚后的叶卡捷琳娜并不幸福。由于彼得三世是德意志人,对外把自身的荷尔斯泰因家族的利益置于俄罗斯国家利益之上,引起俄罗斯僧侣阶级、贵族和军人的反感。1762年,叶卡捷琳娜发动宫廷政变,废黜彼得三世,自立为女皇。她在位的

34年中发动了两次和土耳其的战争,并取得胜利,击败奥斯曼帝国,吞并克里米亚地区,获得黑海出海口,与普鲁士和奥地利三次瓜分波兰,18世纪80年代,她宣布北美洲的阿拉斯加和太平洋中的阿留申群岛归入俄罗斯的版图,使俄国的领土面积增至1705万平方千米。

叶卡捷琳娜二世掌控这个国家长达34年之久,因治国有方,功绩显赫,成为俄国人心目中仅次于彼得大帝的一代英主。她在位期间俄国的人口从2320万上升到3900万,让俄国无论从人口数量上还是统治疆域上都成为欧洲第一大国。叶卡捷琳娜二世曾经豪情万丈地说:"假如我能活到200岁,全欧洲都将匍匐在我脚

▼ 卡梅隆柱廊

下!"叶卡捷琳娜二世集皇权威严与女性柔媚于一身,是难得一见的天才女性。在历史前进的大潮中,她让俄罗斯翻开了新的一页,走向强盛与辉煌,不愧是俄罗斯帝国最伟大的皇帝之一。

　　叶卡捷琳娜二世有众多的情人,有些还是她手下的将军或艺术家,其中最著名的要数波将金将军。1873年,人们在圣彼得堡涅瓦大街的奥斯特洛夫斯基广场上修建了叶卡捷琳娜二世的青铜雕像。我在徒步丈量涅瓦大街时亲眼见过这座雕像。叶卡捷琳娜女皇手持权杖,叱咤风云,站在高高的圆台上,脚下围绕着七八个情人,他们拜倒在女皇的石榴裙下,愿做女皇的奴仆。

▼ 奥斯特洛夫斯基广场上的叶卡捷琳娜二世青铜雕像

▲ 豪华至极的叶卡捷琳娜宫

叶卡捷琳娜二世一生的荒淫可以在她与法国哲学家伏尔泰的对话中有所感受。伏尔泰曾经巧妙而温和地批评女皇的风流韵事,女皇却说其实自己绝对是"忠贞不二"的。伏尔泰问:"那您对谁忠贞不二呢?"女皇毫不掩饰地回答:"当然是对健壮身材和男人的雄风了。健壮身材和男人的雄风总是让我心动不已。"

沙俄的皇宫
——冬宫

冬宫是沙皇的皇宫，占地9公顷，最早是叶卡捷琳娜二世的私人博物馆。1917年，列宁领导革命士兵和群众，炮击并占领冬宫，取得了十月革命的胜利，这也是我对冬宫的第一印象。1922年，冬宫成为艾尔米塔什博物馆的一部分。该馆与伦敦的大英博物馆、巴黎的卢浮宫、纽约的大都会艺术博物馆并称"世界四大博物馆"。冬宫是由绿白相间的楼体和金色的雕塑构成的，墙体四周白色圆柱林立，房顶上矗立着100多尊雕像和大花瓶，不远处也有个金色的洋葱式圆顶。

冬宫宫殿的面积和北京故宫没法比，但里面的文物数量却非常多。在冬宫的5座大楼里，有全世界从古到今的200余万件艺术品。也就是说如果在每件艺术品前观看一分钟，不吃不睡也得坚持5年多才能看完。所以只能挑重要的看。馆内必看的有埃及的木乃伊、孔雀大钟、达·芬奇的《持花圣母》《圣母丽达》、伦勃朗的《浪子回头》、拉斐尔的《科涅斯塔比勒圣母》《圣家族》以及米开朗琪罗的《蜷缩成一团的小男孩》等。不过对我这种文化层次低的人来说，那么高雅的艺术我确实欣赏不了，我曾无数次若有所思地在文物面前捋着下巴与艺术品对望，结果都是一样的，除了给自己增添一些自卑的理由什么都感觉不到。不过话说回来，我也不是一件艺术品都欣赏不了，冬宫里就有两件我十分喜欢的名画。

进入冬宫大门以后依然是存包、套鞋套的固有程序，过了大厅就是通往二层

▲ 冬宫的走廊

的楼梯，这就是著名的浓浓巴洛克风格的约旦楼梯，也叫使节楼梯，各国使节经此楼梯上二楼等候沙皇的召见。整个楼梯全都用白色的大理石雕琢而成，窗户、廊柱和灯具镶着金色的花饰，四周是许多姿态各异的人物雕塑，让每个刚进入冬宫的游客一下被这种富丽堂皇的气势所震撼到。刚进门就看到如此精致的文物，里面得有多少珍品在等待着游客参观啊？偌大的冬宫对于我这样的非专业游客来说就得有所取舍，一般的艺术珍品也看不出什么，那就专挑知名的看吧。

不得不说,冬宫里大殿小厅个个金碧辉煌、富丽堂皇,甚至让人看傻眼。被称为"大金銮殿"的格奥尔基厅面积为800平方米,以其精美的、与天花板装饰图案相一致的木地板拼花图案而闻名。大金銮殿的木地板是用9种名贵木材拼成的,所有的图案颜色都是木头本色。殿内两侧都有窗户,四周排列着一圈大理石柱,天花板上整齐地吊着两排铜质吊灯,这一切让大殿显得无比奢华。庄严的彼得厅是为纪念彼得大帝而专门修建的,也称"小金銮殿"。大厅中央摆放着由浸染过的柞木制成的沙皇镀银宝座,是在彼得大帝去世后向英国定制并于1731年完成的。宝座后面的墙上悬挂着威尼斯画家于1734年完成的彼得大帝全身油画像。画中以北方战争时期彼得大帝率领俄军战胜瑞典军队的波尔塔瓦战役作为背景,

▼ 冬宫里的楼梯

▲ 冬宫雕塑

彼得大帝与古希腊神话中的荣誉女神一起出现，表明荣誉和胜利永远与彼得大帝、与俄国相伴。

　　说到军事，冬宫里有一条著名的军事画廊。这是一条狭长的油画走廊，两侧的墙面上挂有332幅著名统帅和将领的画像。著名的英国画家乔治·道（1781—1829年）与其助手——年轻的俄国画家亚历山大·波利亚科夫（1801—1835年）一起用10年时间创作了其中的绝大部分作品。由于很多将军没能等到给自己画像就离开人世，所以画廊里还摆着几幅空空的画框以纪念这些对国家有着卓越战功的将军。诗人普希金多次来到这里参观，并把感想写进了著名爱国诗篇《统帅》中。

　　冬宫里除了这些俄国历史人物的记忆，更多的是稀世珍宝。孔雀石在俄罗斯是镇宅石，据说最大的绿孔雀石樽重达6吨，但我表示怀疑。在冬宫里我近距离观察过绿孔雀石大

▲ 军事画廊

花瓶，发现它并不是用整块石材雕刻而成，而是由无数的石块拼接起来的。虽然工匠们尽量用石材的天然形状拼接，每条缝隙接合处看起来也算是巧夺天工，但细心观察还是能看出其中的破绽。在孔雀石大厅里面，每根圆柱都是用孔雀石做成，共耗用2吨多孔雀石，不用太仔细都能看出拼接的痕迹。

不过冬宫里确实也有整块石材雕刻的珍品，那就是著名的科雷万大花盘，

外形类似于樽,不过顶部呈椭圆形,重达19吨,高2.5米,长、宽直径分别为4.5米和3米,它是由阿尔泰边疆区的科雷万工厂用一整块乌拉尔碧玉历经12年精心打磨而成的。如此体量的艺术品,在那个没有自动化机械运输的年代,光是运输都是一项巨大的工程。人们先用160匹马拉的车将它从阿尔泰地区运到乌拉尔,再用平底大驳船沿水路运抵圣彼得堡。

博物馆里不仅有俄国国内的奇珍异宝,来自世界各地的艺术珍品更是令人咋舌。就拿达·芬奇来说吧,至今为止世界上一共有他14幅真迹,冬宫里就珍藏着两幅。冬宫里这两幅给我印象最深的是画于1478年左右的《持花圣母》,被视为达·芬奇创作道路上的里程碑。印象深不是因为我懂得画作的艺术手法,而是这幅圣母画像感觉不像宗教作品。圣母失去了那种远离人间的神圣,更像是一个普普通通的慈祥的母亲,没有神性的光辉,而是增添了人性的意味。再看婴儿耶稣,白白胖胖,活像中国年画里的胖阿福,惹人喜爱。

另一幅达·芬奇的真迹是画于1490年的《圣母丽达》,体现出达·芬奇创作技法质的飞跃。画中的圣母娴静美丽,低垂的眼睑和微抿的嘴唇使其表情相当沉静,仿佛沉浸在幻想之中,显得更加成熟。圣母位于两扇窗户中间,使画面达到和谐统一。两幅画的风格迥异,但都被世人所认可,我想这就是大师的魅力吧。

因为我对美术技法一无所知,达·芬奇的两幅作品并不是最吸引我的。所谓内行看门道,外行看热闹,冬宫里确实有让我这样的外行看热闹的名画,那就是著名画家安东尼·奥卡纳利于1726—1727年创作的《法国大使在威尼斯的接见》。这幅画让我感到惊异,没错!就是惊异!因为对我来说太不可思议了。这

▲ 重达6吨的孔雀石樽

▼ 科雷万大花盆

▲ 冬宫里的达·芬奇真迹《持花圣母》

幅画之所以闻名于世在于它的画法，被称为焦点透视的杰作。在画的正中看，画面中城墙的部分大概占50%的比例，如果去画的左侧看，城墙的占比一下就成了三分之一；再到画的右边去看，城墙的占比突然增大到整个画面的三分之二！这实在是太神奇了。

除此之外，还有一幅让我这个外行人感兴趣的。这幅画作的作者是荷兰著

▼ 冬宫的展厅

▲ 被毁坏的伦勃朗名画《达娜厄》

名画家伦勃朗。伟大画家凡·高曾面对伦勃朗的画说，"你知道吗，我只要能啃着硬面包在这幅画的前面坐上两个星期，那么即使少活十年也甘心。"冬宫中最有名的伦勃朗画作不是《浪子回头》，而是一幅叫作《达娜厄》的名画。这幅画取材于希腊神话。阿耳戈斯王听信了一位预言家的告诫，他将被自己的女儿达娜厄所生的儿子杀死，这让阿耳戈斯王十分恐惧，便把达娜厄囚禁在一座高高的铜塔之中，不让她与世人接触。但是，爱上了达娜厄的众神之王宙斯化作一阵金雨，透过塔顶进入达娜厄的卧室，与她结为情侣。这幅画描绘的是宙斯与达娜厄幽会的情景。达娜厄被描绘成一个成熟的女人，躺卧在床上，右手不由自主向前伸出，脸上流露出惊奇与喜悦。光线全部聚集在她身上，周围则是暗部。女人肌肤的质感，帷幕的厚重，器物金灿灿的金属感，都使得这幅画细腻逼真。

今天的《达娜厄》已经成了一件残品,而成为残品的原因恰恰是其高超的绘画技巧,这也是我喜欢它的原因。一个酷爱伦勃朗的画家一直在模仿他的作品,自己的画风、手法、水平也在多年的模仿中得到提升。伦勃朗的技艺这位画家基本上都掌握了,但就是这幅画中所运用的萤火虫式的画法,那种能把屋内光线中的颗粒、灰尘、朦胧表现出来的技艺,让这个临摹者彻底疯狂了。精神的毁灭让他的理智被推到了悬崖之下粉身碎骨,他带着装满硫酸的小瓶进入冬宫,大步朝着这幅名画走去。当时就在我所在的这个展厅,也许就在我站的位置,他打开瓶盖把硫酸泼向了这幅让他痛不欲生的名画。我呆呆地站在这幅残品前,看着达娜厄"受伤"的腿部,虽然经过了全世界顶级专家的"会诊"和修补,达娜厄小腿部的瑕疵还是让人一眼便能看出。

不得不说,伦勃朗的一生给人类留下了宝贵的财富,但自己的晚年却过得不尽如人意,生活陷入窘境,家产被拍卖,油画作品也只有宗教题材的蚀刻版画

▲ 焦点透视的杰作《法国大使在威尼斯的接见》

还有人订制。其中一幅取名《100荷币版画》的作品，就是依其售价而定名的。1669年10月4日这位艺术大师逝世于荷兰的阿姆斯特丹，在他逝世后整整301年的那个晚上，我在北京积水潭医院诞生了。不得不说，好巧！

我的最爱——涅瓦大街

19世纪俄国著名作家果戈理曾写道:"最好的地方莫过于涅瓦大街了,至少在彼得堡是如此。对于彼得堡来说,涅瓦大街就代表了一切。这条街道流光溢彩——真是咱们的首都之花!"

涅瓦大街对于中国人来说很陌生,但在欧洲,它和香榭丽舍大街齐名。我更喜欢涅瓦大街,原因在于街两边有沙俄印记极为突出的建筑。因为历史的原因,这里的街道建筑是那么的整齐划一,这条长4.5千米的圣彼得堡主街道,宽25米至60米,从涅瓦河畔的海军总部一直延伸到亚历山大·涅夫斯基修道院,是圣彼得堡市最古老的道路之一。它修造于1710年,最初是作为连通旧海军部与诺夫哥罗德、莫斯科之间的道路,在沼泽之中被开辟出来的。1776年以后,它被称作涅夫斯基大街,成为圣彼得堡最热闹最繁华的街道,聚集了城中最大的书店、食品店、百货商店和最奢华的购物中心,还有各种教堂、名人故居以及历史遗迹。整条大街的建筑不能超过冬宫的高度,也是涅瓦大街建筑整齐的原因。

我不止一次用徒步的方式丈量涅瓦大街,看到了不同的景色,也使我更加喜

▲ 涅瓦大街夜景

欢这条有着浓厚文化底蕴的街道。第一次,我迎着圣彼得堡凌晨4点的刺眼朝阳大步向着涅瓦大街走去。不用担心安全问题,因为街道上的行人密度和北京清晨6点多的街道差不多,虽不能说是熙熙攘攘,但至少可以说人来人往。和北京不一样的是在这条大街上整夜都能看到飙车的年轻人,他们把自己的家用轿车进行改装,每一辆车都是带着震耳欲聋的呼啸声从你身边极速驶过。我甚至还看到了中国产的第一代奇瑞轿车发出怪叫声从我身边疾驰而过,这种车恐怕在中国大街

▲ 杜马瞭望塔

上都难以见到了吧！所以到俄罗斯旅游，无论在哪个城市，哪怕是偏远的伊尔库茨克，只要住在市区的宾馆里，千万别订靠大街的客房，虽然景色很好，但一到夜里，汽车的轰鸣绝对让你难以入眠。

　　白天的涅瓦大街和北京的西单、王府井一样人潮汹涌，可是西单和王府井商业街并不长。圣彼得堡是国际化大都市，来自本国以及世界各地的游客在涅瓦大街上穿梭游走，本地人对我这样的游客已经见怪不怪了。

　　我正在街边寻找着有没有可拍摄的素材的时候，就在我身边2米左右的地方发出一声短促的怒吼，几乎同时，就在我身边，一个身高约1.8米的老头儿被一个高约1.9米的壮汉一拳打中右脸后应声倒地，原来，被打者是沿街乞讨的乞丐。很多俄罗斯老年人的退休金根本不够生活，有的人就沿街卖花，有的人——尤其爱喝酒的老头儿，在喝醉的情况下会在街上乞讨。这个乞丐比较倒霉，乞讨的对象是几个刚从地下通道上来的年轻人。他一边向年轻人诉说着什么,一边伸出双手尾随着他们。那些年轻人面无表情继续向前走着,根本没理会老头儿,在被老头儿跟了十几米后,离他最近的小伙子战斗民族的血性刹那间沸腾,在毫无预兆的情况下跳起来抬手就将拳头砸向对方。乞丐应声倒地后,这几个年轻人就像什么事儿都没发生一样继续前行。倒在地上的乞丐被打中的右脸晚上一定会肿起来,不会比砸在地面上的左脸轻。我在他的旁边站了有十几分钟,他一直保持着刚倒下时的姿势,若不是有一对夫妇在看他伤情时的表情还算轻松,真搞不清他是活着还是死了。不要被这样的突发场景吓到,圣彼得堡的治安还是不错的。涅瓦大街上时不时就能看到随身带枪和警棍的警察在巡逻。用当地人的话说,圣彼得堡的治安要好过莫斯科。

俄罗斯人总体来说比较冷漠,极少和陌生人闲谈聊天,酒后除外。走在大街上的人们目光坚定,流露出倔强和执着。当然,也有热情的俄罗斯人。我在给叶卡捷琳娜二世的雕像拍照的时候,有人从我后面拍我的肩膀,原来是3个俄罗斯青年,笑着问我对圣彼得堡的印象,还让我给他们照相。在俄罗斯遇到这种情况一定要小心财物,能清醒着聊天的一般都是小偷。拍完照后,他们凑过来看照出来的效果。我一边给他们翻看相机里的照片,一边紧抓着单反的镜头,生怕他们是俄罗斯旅游景点专偷单反镜头的小偷。没想到人家看完以后很高兴,祝我旅途愉快以后笑着冲我摆摆手就离开了。说实话,在俄罗斯不是醉鬼还能如此热情的人少之又少。

涅瓦大街就是一幅活生生的历史画卷,整条大街在厚重的历史人文氛围中透出别具一格的文艺气质,无数俄国的诗人、作家、画家曾对涅瓦大街情有独钟,纷纷在艺术的历史长廊中留下它的印记,普希金、别林斯基、果戈理、屠格涅夫、托尔斯泰、列宾等大师们的作品中无一例外都提到过涅瓦大街。走在大街上,两边的建筑无一不彰显着历史的痕迹,涅瓦大街的观光区基本是东西走向的,门牌号是奇数的一侧大多是阴凉处,因此被人称为背阴侧,而偶数门牌号的一侧就被称为向阳侧。涅瓦大街14号如今还残留着第二次世界大战中的提示牌，上面写有"大家注意！这侧道路如果发生空袭，就会非常危险"。比这个14号门牌数字大一倍的28号是圣彼得堡最大的书店，它建于1904年，外部墙壁上装饰着各种雕刻，特别是镶有玻璃的圆顶之上的地球仪。虽然里面没有中文书，但中国游客在书店里可以买到质量上乘的明信片，还有一个进店理由是这里的二层有免费卫生间。

涅瓦大街上最著名的老商场是叶利谢耶夫食品商场，这是一座18世纪末的建筑，这里以前曾是文学沙龙的地点，普希金等文化名人经常来这里聚会。1901年，商人叶利谢耶夫将这里改建成了食品商场，内部装修非常豪华，苏联时期这里被称为"美食家食品商店"。商店的上层是纪念《钢铁是怎样炼成的》的作者奥斯特洛夫斯基（1904—1936年）的博物馆。涅瓦大街的店铺可不是只有这些怀旧的建筑里才有，体现今日俄罗斯面貌的大型购物中心位于涅瓦大街观光区起点处起义大街火车站的旁边，大门的上方用英文写着GALERIA，这也许就是它的英文名字。

最著名的店铺非涅瓦大街18号的甜品店莫属，1837年2月8日，也就是俄历1月27日，普希金正是从这家甜品店喝完人生的最后一杯咖啡，而直接奔赴决斗地点"小黑河"的。这次圣彼得堡之旅我分别去过普希金生命足迹起始点的皇村和终结地的这家甜品店，它正式的名字是"沃尔夫与贝兰热两兄弟甜食店"，在入口的左侧有一个普希金的素描，下面写着"俄罗斯最伟大的诗人：亚历山大·普希金"。甜品店里面摆放着普希金的雕像，还有保留至今的靠着窗户的普希金专座。除了18号还有一个与普希金有关联的地点——15号，是在他的作品《叶甫盖尼·奥涅金》中提到的餐馆。

当然了，涅瓦大街的建筑不只有店铺，还有一个亮点就是安坐于有"北方威尼斯"之称的圣彼得堡的桥。涅瓦大街上最著名的桥当属跨越丰坦卡河的阿尼奇科夫桥，又叫驷马桥，也有叫四马桥、驯马桥的。驷马桥之所以有名是因为它有

▲ 银行桥

　　四组驯马雕像,马的原型是阿拉伯跑马,每一匹马都由一位驯马者牵引。分别立于桥的四角的这四座雕像组成了一幅栩栩如生的驯马图,这座桥是圣彼得堡的象征之一。

　　能获得这样的殊荣不光由于它的雕塑艺术,还因为它那曲折离奇的身世。当雕塑家克洛德将他的这个作品完成并第一次准备安装时,其中的两件作品竟然被尼古拉一世作为礼物送给了普鲁士国王。而重新打造的两件铸铜雕塑再次完成时,沙皇又把它们送到了别处。我们现在看到的雕塑作品已经不是原件。但也异常传神、精美、写实,使得驷马桥成为圣彼得堡的象征和骄傲。在卫国战争时期,城市被困,法西斯炮火狂轰滥炸,珍贵的铜马被市民深埋在阿尼奇科夫宫花园的地下,直到战争结束才重见天日。

　　说到桥,不妨看一下涅瓦大街上的河。它们分别是冬宫广场旁边的莫依卡河、滴血救世主教堂旁边的格里博耶多夫运河，还有就是被誉为"喷泉河"的丰坦卡河。通过河流了解圣彼得堡，会让你看到它迷人的另一面。尤其是在凌晨，街上行人稀少，安静地站在驷马桥上，看着游船悠然地漂在丰坦卡河上，借着圣彼得堡略带冷色系的朝阳，一幅美丽的画卷会展开在你眼前。顺着河流游客可以看到圣彼得堡各式各样千奇百怪的桥，让你在水上领略"北方威尼斯"的风采。

在千奇百怪的桥中我想说一下格里博耶多夫运河上的银行桥。始建于1825年的银行桥是圣彼得堡极具特色的小桥之一。很多国人都错误地叫它狮子桥，原因是这座桥的四角有四座狮子样的雕塑拉着桥梁的钢索。其实那四座雕塑是狮鹫兽，是人们想象出来的守护金银财宝的一种神兽，可以理解为俄罗斯"貔貅"。

华灯初上的涅瓦大街在两边建筑装饰灯光的映照下，展现出与白天迥异的面容。外墙立面的雕塑，建筑柱廊的花雕，无数色彩混搭的广告招牌，教堂通过照射反射出来的庄严都在日落后的涅瓦大街上各领风骚。街道两边的店铺亮起五颜六色的灯光让人感觉很温暖，本来平实的店铺在灯光的照耀下显得更高档。城市的夜景凭借有着深厚文化底蕴的建筑，外加各种艺术雕塑，利用多彩的灯光打造出了一个与白天完全不同的城市风貌呈现给游客。

圣彼得堡的教堂

到了欧洲不看教堂，相当于到了北京不看长城，到了西安不看兵马俑，没看过教堂就不能算来过欧洲。个人认为西方古典建筑的巅峰当属教堂，想要了解欧洲的过去和现在，教堂绝对是个很好的切入点。不同于西欧，俄罗斯是信仰东正教的国家，我的注意力肯定会专注于东正教堂。圣彼得堡最著名的教堂有三个，分别是滴血救世主教堂、圣以撒大教堂和喀山圣母大教堂。我最喜欢的是滴血救世主教堂，它不仅是我在圣彼得堡众教堂里的最爱，甚至是我在全世界基督教堂里的最爱。世界排名前十二的基督教堂我都去过，最震撼的一定是梵蒂冈的圣彼得大教堂，这点和大多数人的看法一样。但最让我动心、最让我难忘的却是比圣彼得大教堂要小许多，并且没有入选十二大知名教堂的滴血救世主教堂。它给我最深的印象是不可思议，当我第一眼见到这个建筑的时候根本就没意识到它是一个教堂。它的外形、颜色赶走了宗教的神圣和肃穆，取而代之的是精致和亲切。

俄罗斯境内有三座滴血救世主教堂，分别是位于乌格里奇的德米特里王子滴血救世主教堂、位于圣彼得堡的滴血救世主教堂以及叶卡捷琳堡的滴血救世主教堂。圣彼得堡的这座教堂原名是基督复活教堂，位于圣彼得堡大名鼎鼎的涅瓦大街格里博耶多夫运河旁。为什么一个教堂要用如此血腥的名字来命名呢？1881年，亚历山大二世乘着马车经过格里博耶多夫运河堤时，遭遇"民意党"极端分子的刺杀。刺客投掷的第一枚炸弹炸伤了卫兵和车夫，亚历山大二世不顾劝阻，执意下

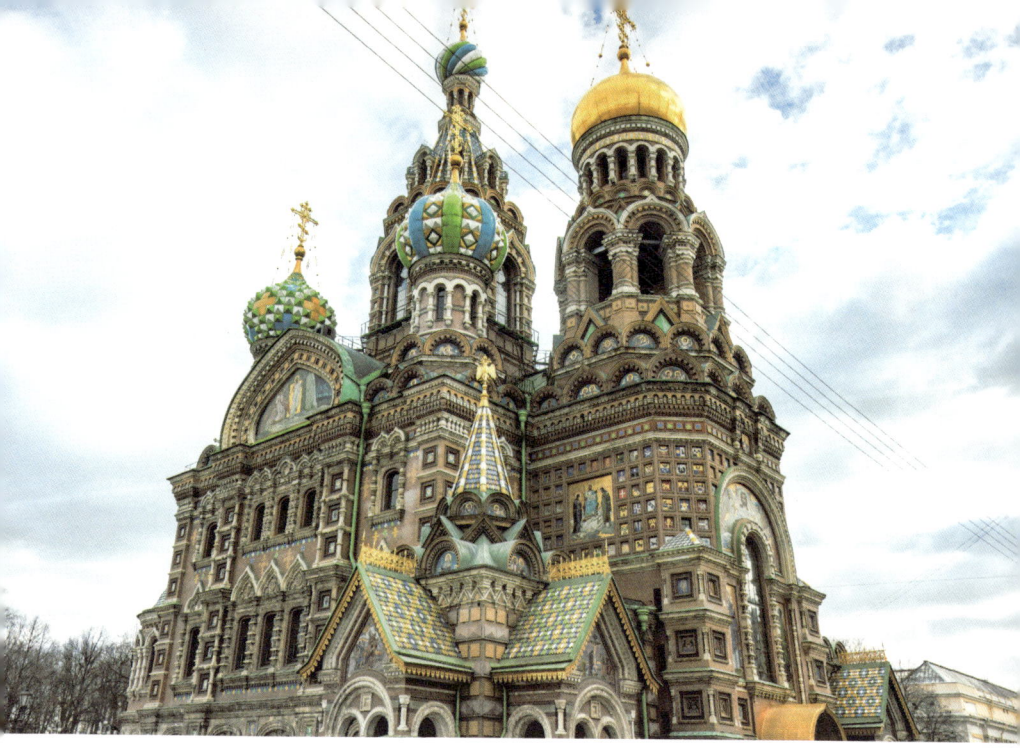

▲ 滴血救世主教堂

车查看卫兵伤势，结果被第二枚炸弹炸断双腿，送回冬宫几小时后因医治无效而死亡。亚历山大二世被称为"农奴解救者"，在他统治期间为国家和人民做出了许多贡献，因此这次刺杀行动引起全国上下的不满与指责。为纪念这位仁君，1883年，亚历山大三世在父亲的遇刺地点修建了这座教堂。

　　滴血救世主教堂外貌的艺术设计灵感主要来源于莫斯科雅拉斯拉夫斯基火车站的建筑风格及红场上的瓦西里升天教堂。而教堂整体的建筑结构，则来自修道院院长伊格纳奇依的构想。传说伊格纳奇依在睡梦中构思出了这座未来教堂的设计蓝图。1907年，教堂主体建造完成，外观娇艳秀丽，上有五光十色的洋葱式圆顶，反映了俄国16、17世纪典型的东正教教堂建筑风格。教堂装饰精美，其古老的俄罗斯风格与附近的巴洛克和新古典主义风格的建筑物形成鲜明对比。包括滴血救世主教堂在内的东正教堂是俄罗斯传统洋葱圆顶的造型，教堂顶部是带有十字架的圆屋顶，按照宗教的解释这是指天。两个圆顶代表天人合一的耶稣基督；3个圆顶代表圣父、圣子、圣灵；5个圆顶代表耶稣和《福音书》的4位撰写者，13个圆顶则代表耶稣和12使徒。每个穹隆圆顶由圆柱形的圆屋顶支撑，圆屋顶的窗户照亮了教堂的内殿。

第二次世界大战期间，列宁格勒被德国军队围困，引发严重的饥荒，基督复活教堂被用作蔬菜仓库，因此得名"马铃薯救世主教堂"。战争结束后，教堂被用作附近的一个歌剧院的仓库，1997年8月重新开放。

色彩缤纷的滴血救世主教堂外观由金箔、宝石、彩釉瓷砖、搪瓷、青铜、大理石、彩色玻璃以及无数的马赛克等拼贴而成，鲜艳美丽的建材装饰出一幕幕宗

▼ 夜色中的滴血救世主教堂

教故事。教堂西面的马赛克图案《即将来临的苦难》下面，就是亚历山大二世遇害的地方。借着夜晚的灯光，从涅瓦大街沿着运河一步一步向大教堂靠近，寂静的格里博耶多夫运河，安详的滴血救世主教堂会让你亲历一次沙俄的意境。

教堂内部的墙壁和柱子上嵌满了以旧约圣经故事为题材的镶嵌画，穹顶则绘有耶稣基督的肖像和故事。我没怎么接触过西方的宗教，对满眼的圣经故事一无所知，不过也被教堂内部金碧辉煌的内部装饰所震撼。给我印象最深的就是蓝色和金色，待的时间再长点我都怕自己的瞳孔和眼白变成这两种颜色。教堂内部用马赛克图案所装点的面积就多达7000平方米，这些马赛克都是由意大利各色大理石及俄国的宝石加工而成的，装饰工艺的精湛程度、视觉画面的工艺水平以及教堂81米高的宏大内部空间给你带来的感受，只有现场欣赏才能体会。

圣彼得堡有一座教堂入选世界十二大知名教堂，那就是圣以撒大教堂。虽然

▼ 金碧辉煌的滴血救世主教堂内部

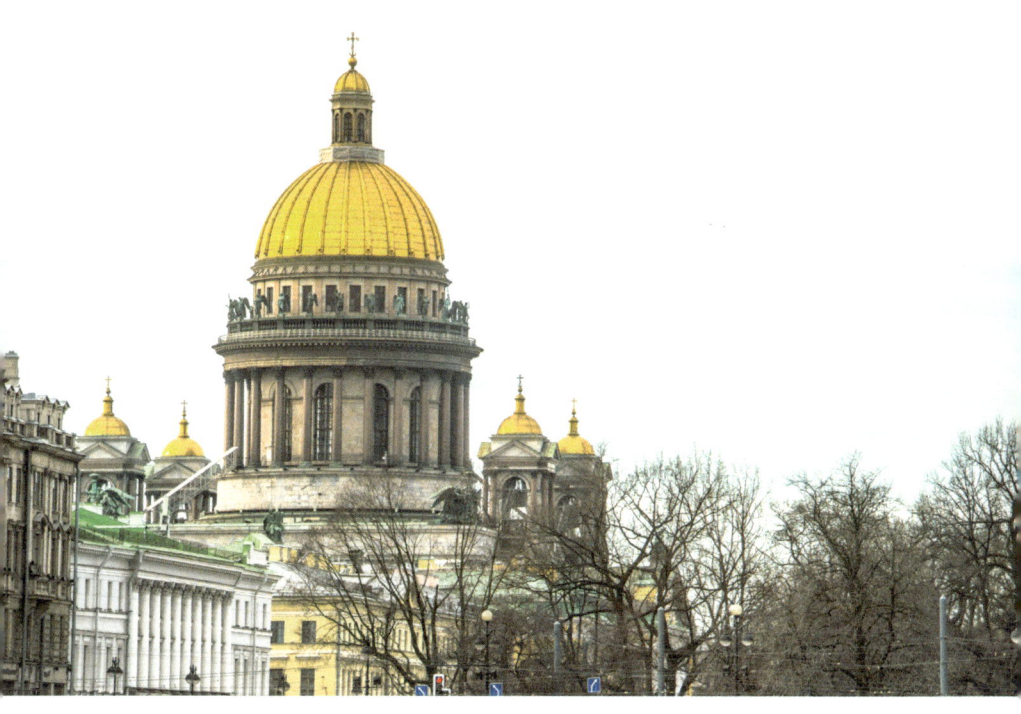

▲ 在冬宫广场遥看圣以撒大教堂

它是世界四大圆顶教堂之一,但留给我的印象并不是大而是重。站在路边的树下,仰望着金色的穹顶和深褐色的从乌拉尔山运来的石柱,着实有很强的震撼力,教堂每面的16根重达120吨的柱子成双排托起雕花的山墙,撑起了教堂的4个雕满了雕像的门楣。围绕教堂走一圈是424米,可以充分感受每一面的柱子和雕像带给你的震撼,感受两个半世纪前开始建造教堂时的艰难。不过那次的建造没有成功,因为教堂不够宏伟,不能显示俄罗斯作为东正教中心"第三罗马"的气派而被否决了。50年以后,雄心勃勃的亚历山大一世采用法国建筑师蒙弗朗的设计图纸,于1818年再次动工,前后共用了44万名工人工作了40年,终于让这座雄伟的教堂彻底竣工。

圣以撒大教堂102米的高度、4000平方米的面积就能给人以极大的震撼。据说,教堂的内外装饰共使用黄金400多公斤,采用当时最先进的工艺,至今依然光彩熠熠。此外,整座教堂使用的材料共重30万吨。想象一下,在那个年代要把

30万吨材料从采石场运来就得花费多少人力物力。为此还建造了特别的轮船与火车。圣彼得堡水资源丰富，当时到处都是沼泽，我真不敢想象当时的蒙弗朗是喝了多少伏特加才敢把这30万吨材料堆在沼泽之上。他把数以千计的木桩打入沼泽里，用来支撑圣以撒大教堂的重量，教堂直到今天都没有倾斜。不过建造之前占星家曾说了一个预言：教堂建成之时，就是总设计师死亡之日。于是，蒙弗朗把建造难度加大，不断地修改设计方案，使教堂的工程建建停停。1858年，教堂竣工一个月后，蒙弗朗带着一生的荣耀和占星家的预言安然地离开了人世。

您可以找个阳光明媚的天气，进入教堂感受一下蒙弗朗的倾心之作，沿着台阶上到穹顶天台，俯瞰圣彼得堡。我相信任何人都会被如此杰出的建筑作品所震撼、所感染。不过现在这里已经不是纯粹的教堂，而是兼有博物馆的性质。不管怎样，我们还是能亲眼见到这座建筑史上的杰作，它依然屹立在尼古拉一世的雕像前方。

最后一个在圣彼得堡颇为著名也必须要去参观的教堂就是喀山圣母大教堂。我认为，它在俄罗斯的地位要高于前两个教堂，因为这座教堂是为供奉俄罗斯最灵验的喀山圣母像而建。喀山圣母像是俄罗斯东正教的最高圣像，代表着圣母马利亚作为喀山市的主保圣人。喀山圣母被视作俄罗斯的保护神长达数个世纪。关于它，有以下几个传说。

首先，俄国第一任沙皇伊凡雷帝打败蒙古人就依靠了喀山圣母的护佑。其次，击败拿破仑的库图佐夫将军在反攻前到教堂里的喀山圣母前祈祷，圣母向他开示将出现从没有过的寒流，使拿破仑军队冻死过半，战斗力大减。圣母的话一一应验，库图佐夫取得大胜。将军的雕像就立在喀山圣母教堂门口。最后，在第二次世界大战期间，东正教大牧首向喀山圣母像祈祷，圣母再次开示说寒流将第二次出现，结果大家都知道，德军为这次失败付出了极大代价。

1904年，喀山圣母像被窃并险些被毁，随后就发生了1905年的日俄战争，失去了护佑的俄国在这场战争中战败。今天俄罗斯的土地上有无数座供奉喀山圣母的喀山圣母教堂，我亲眼见到的就有3座，分别位于圣彼得堡、莫斯科和伊尔库茨克。其中最主要的两座为莫斯科喀山圣母大教堂和圣彼得堡喀山圣母大教堂，圣母像古本和复制品分别被放在莫斯科、雅罗斯拉夫尔和圣彼得堡，但也有说法说它们目前存放于美国的一个博物馆里。

在我看过的喀山圣母大教堂里只有圣彼得堡这座让人印象深刻，规模、气势都远超莫斯科和伊尔库茨克那两座。圣彼得堡的喀山圣母大教堂是俄罗斯建筑师沃罗尼欣设计的，于1801年8月开始修建，1811年竣工。喀山圣母大教堂的位置很好找，就在涅瓦大街上，只要你路过涅瓦大街想看不见它都不可能，比在胡同

▼ 气势宏伟的喀山圣母大教堂

▲ 喀山圣母大教堂内部

深处的色彩斑斓的滴血救世主教堂要好找太多了。

　　站在教堂前面第一感觉是气势恢宏，正面以弧形的环抱方式展现给来自世界各地的游客。94根巨大的科林斯花岗岩石柱搭建出的教堂柱廊十分壮观，虽然教堂正门不在这边，但它气度非凡的侧面与涅瓦大街看上去很和谐。大教堂

面对着涅瓦大街的一侧居然没有正门！原因就在于它是东正教堂，圣堂大门只能向东。

喀山圣母大教堂的建造工艺非常精湛。教堂柱廊的这94根豪华富丽的科林斯石柱呈现在游客面前十分震撼，每一根石柱的柱头雕工都相当精细。柱子的角落里有很多小台子，又圆又高的是给去世的人点蜡烛的地方，又方又矮的是给活着的人点蜡烛的地方。

东正教不但教堂的门开的方向与天主教、基督教不同，很多方面都有自己独特的印记。十字架不是十字形而是像中国的汉字"干"，并且下面还多了一个斜杠；在胸前画十字和天主教上下左右的顺序不一样，是上下右左。等我走进喀山圣母大教堂里，又发现了两点不同：一是女人得把头发遮住，男人不能戴帽子；二是教堂里没有椅子，大家都是站着做祷告。这点不像北美的基督教堂，摆着一排排椅子，信徒们坐在里面，听着巨型管风琴的乐声；也不像欧洲的天主教堂，两侧都是鸽子笼般的暗室，信徒们可以很私密地在里面向神父告解。

喀山圣母大教堂还是个博物馆，它曾是1812—1814年卫国战争的纪念馆，还在1932年被辟为国家宗教与无神论历史博物馆。直到今天这里面还有库图佐夫将

▲ 虔诚的教徒

▲ 喀山圣母大教堂94根以弧形排列的巨型科林斯花岗岩石柱

军墓，墓上部摆放着从法国军队手中夺得的战利品——几面军旗和钢盔。在东方宗教部可以见到佛教和道教的陈列品，以及丰富的民间工艺品。其中最有趣的要算俄国汉学家阿列克谢耶夫于1906—1907年间收集的1000幅中国民间年画，而且保管得十分仔细，可称得上是世界上最好的中国年画整套藏品之一。

圣彼得堡,北方的威尼斯

圣彼得堡有44个岛屿,由580多座桥梁相连,是世界上最美的水城之一。

涅瓦河畔也有狮身人面像

我去埃及吉萨参观过狮身人面像。没想到这次在圣彼得堡川流不息的大街边也能看到狮身人面像的真迹,就在大名鼎鼎的列宾美术学院对面。这对狮身人面像距今已有3000多年的历史。1832年,这两座石像从埃及的尼罗河启程,来到圣彼得堡的涅瓦河,从那以后便守护着圣彼得堡的母亲河。

与吉萨狮身人面像不同的是,这座狮身人面像没有胡子。有一种说法是:这两尊石像运抵俄罗斯并被安放在涅瓦河畔后,负责押运的埃及军人用枪托生生地敲掉了它们脸上的胡须。埃及人认为胡须是权力的象征,石像可以送给俄罗

▼ 没有胡子的狮身人面像

斯人，但权力是万万不能拱手相让的。我觉得这个传说可信度较低。送石像是为了表达善意，但送货的人竟然在大庭广众之下，把礼物砸成了残品，这不是挑衅是什么？正当我为此愁眉不展时，身边的俄罗斯人都用奇怪的目光看着我，他们可能从没见过如此纠结地参观狮身人面像的游客。狮身人面像所在地的视野很好，能看到圣以撒大教堂、冬宫和十二月党人广场上那尊彼得大帝青铜骑马像。

▲ 涅瓦河畔两只相对而视的狮头神兽

　　在两尊狮身人面像的中间，有通往涅瓦河边的台阶，台阶两侧有两只长着翅膀的铜制狮头神兽相对而视。我敢说台阶下神兽旁的俄罗斯人远远多于台阶上狮身人面像旁的，我看到很多俄罗斯人都来到这里亲吻神兽，搞不懂是什么原因让这神兽比狮身人面像还受欢迎，时不时还能看到一对对的俄罗斯新人穿着婚纱礼服来这里拍照。

　　这两尊神兽是典型的西方风格，应该不是埃及人赠送的。我甚至觉得可能是对面列宾美术学院学生的作品。列宾美术学院原名俄罗斯皇家美术学院，与佛罗伦萨美术学院、巴黎美术学院、伦敦皇家美术学院并称为"世界四大美术学院"，培养出了许多世界知名的艺术家。反正我对神兽没有任何了解，真不能确定它的知名度，但我能确定的是这对神兽再有名也不会超过前方大约1000米处的罗斯特拉灯塔柱。

彼得大帝的勃勃雄心

沿着涅瓦河岸往东走到尽头,然后向左转就能看见一座以44根陶立克式圆柱组成的古希腊神庙风格的建筑物,那就是古老的证券交易所,现今已改成了中央军事海洋博物馆。它的对面有个半圆形的广场,半圆形广场位于瓦西里岛的东南角,站在这里你可以清楚地看到瓦西里岛把涅瓦河劈成了博伊沙亚涅瓦和马来亚涅瓦两条河。也就是说这个半圆形广场所处的地方是一个三角洲,"两条涅瓦河"将瓦西里岛环抱起来。这个瓦西里岛的岬角也叫长滩,俄语的发音是"斯特列尔",翻译成中文就是箭头的意思,很形象地把彼得大帝冲向欧洲、走向世界的雄心表现出来。彼得大帝把这里建成港口,成为圣彼得堡海运贸易的据点。有了港口和庞大的海外贸易规模,俄罗斯一步步巩固了自己的海上霸权。看一下周围的建筑,遍布着早期的证券交易大厦、税务所、关税仓库等,可以想象当年各国船舶接连不断驶入这里的情景,可以领略到彼得大帝的雄心大志。

广场两侧各耸立着一根装饰着船头的32米高的圆柱,这就是大名鼎鼎的用作导航的罗斯特拉灯塔柱,建于1805—1816年间,采用了建筑师托姆·朵·托蒙的

▲ 早期的证券交易所

设计方案。柱头上之所以有船头装饰是源于古罗马的风俗。人们把战败船只的船头钉在圆柱上，作为海战胜利的象征。在灯柱的花岗石基座上，另摆放了4座雕像，象征着俄罗斯主要河流——伏尔加河、沃尔霍夫河、第聂伯河及流经圣彼得堡的涅瓦河。

　　罗斯特拉灯塔柱顶部有一盏三角油灯，据说以前当夜暮降临，油灯中燃烧的火焰能达7米高。现在灯塔已不再用作照明、导航，每逢重大节日，灯塔柱都会被

▲ 站在长滩遥看彼得保罗要塞

点亮。即使在今天看到此情此景，也能感受到由彼得大帝带领的俄罗斯民族战胜大海的决心。

　　从这里向右看是知名的冬宫，向左看是一条停在岸边的荷兰古帆船，据说现在改装成了圣彼得堡最高档的健身中心。正前方偏左的位置有一个建筑群，最惹眼的是金灿灿的洋葱式圆顶和尖顶的教堂，那就是彼得保罗要塞。这个建在兔子岛上的建筑群里发生的故事让人唏嘘不已。

沙皇的归宿
——彼得保罗要塞

离开灯塔柱继续往前走,到了荷兰古帆船向东转,再一直走下去就是彼得保罗要塞了(下文简称彼得要塞)。彼得要塞所在的小岛名叫兔子岛。为什么叫兔子岛呢?一是因为原先岛上野兔很多,二是因为从空中俯瞰,岛形似兔。俄罗斯人都知道这么一句话:"莫斯科是俄罗斯的心脏,圣彼得堡是俄罗斯的灵魂,彼得保罗要塞则是圣彼得堡的摇篮。"彼得要塞才是陪着圣彼得堡一起成长的地方,今天的冬宫、叶卡捷琳娜宫、滴血救世主教堂、圣以撒大教堂、涅瓦大街等最代表圣彼得堡的地方无一不是在它以后才建起来的。可见,圣彼得堡是在彼得要塞的见证下诞生和发展的,没有它就没有圣彼得堡。

1703年,彼得大帝的军队和瑞典军队在兔子岛兵戎相见。击退敌人后,彼得大帝从身边一个士兵手里拿过一把刺刀,在这个荒草丛生、野兔出没的岛上划了两个十字形的痕迹,然后说:"在这里,一个城市就要诞生了!"

1703年5月27日,兔子岛上举行了隆重的奠基仪式,圣彼得堡正式建城。从那时起一直到1918年3月10日迁都莫斯科,200多年间,圣彼得堡在彼得要塞的护佑下见证了沙俄帝国的兴亡。小小的兔子岛成为防御敌军来犯的一把最好的涅瓦河之锁。1703年6月29日,在圣徒彼得和保罗日这天,在小岛中央举行了木制小教堂奠基仪式。有趣的是,教堂的名字逐渐被人们用来称呼要塞,而圣彼得堡却

▲ 彼得要塞

成为在要塞护佑下诞生的城市的名字。1709年彼得大帝亲征，在波尔塔瓦打败瑞典军队。普希金曾说："波尔塔瓦一役的胜利是彼得大帝在位时期最重要、最辉煌的喜事之一。"从此，俄罗斯进入了欧洲。如今，兔子岛上的彼得保罗要塞成了人们朝拜彼得大帝的圣地。当年彼得大帝住过的小木屋还在，身高2.04米的他在这座只有2.5米高的木屋里指挥了一座宏大城市的建设。

彼得要塞是一座六棱体的古堡，建城的时候政府为了收集石头而收石头税，来到这里的船只必须装满石头。不仅如此，还向平民收烟囱税，所以穷人的壁炉没有烟囱。除此之外，有关方面还规定除了圣彼得堡，其他地方不许用石头盖房。棱堡中有300门大炮。从18世纪开始，每日中午12时，纳雷什金棱堡的大炮就射出一枚空炮弹向全城居民报时，这一习俗一直流传至今。古堡墙高12米，厚2.4～4米，沿涅瓦河的一面长700米，从外表看是一夫当关万夫莫开的气势，如今固若金汤的堡垒让人很难想象当初建造时的艰辛。兴建兔子岛的要塞时，这里是一片潮湿的沼泽地，再加上湿冷的天气，使工程进行得相当困难，但是彼得大帝却仍然严格监工，牺牲了数千人，终于在同年秋天完工，并于3年后由瑞士建筑师将木造建筑改为石造围墙。

历史丝毫没有顾及彼得大帝的一片苦心：本来是防御瑞典这样的外敌侵略或者发动战争的城堡，却在建成以后没有一次物尽其用的机会。彼得大帝本想借着它来实现自己的宏图伟略，没想到这里却以痛苦回忆的方式来帮助他向自己的目标艰难地迈进。那个时代的俄国95%的人口是农奴，即使在莫斯科，文盲率也达到97%。冬天的俄国好像只有人和酒精的混合体存在，每个人都浑浑噩噩地度过漫长的冬季。彼得大帝励精图治，以铁腕政治来撼动俄国的痼疾，就像马克思说的那样："彼得大帝用野蛮征服了俄国的野蛮。"守旧势力被他无情地打压。

彼得要塞没能为抵挡强大的敌人发挥作用，却成了彼得大帝打压守旧势力的监狱，而且第一个犯人就是他的亲生儿子——太子阿列克谢。1718年6月14日，太子被囚禁在彼得要塞，成了这里的第一位囚犯。彼得大帝亲自审问甚至严刑拷打阿列克谢，12天以后的6月26日，阿列克谢撒手人寰，连亲爹判给他的死刑都没来得及执行。太子死去的第二天，一位欧洲外交官惊奇地发现，彼得大帝照常出席了一系列国务活动，仿佛什么也没有发生过。

从杀子和残酷镇压异己势力的角度来说，彼得大帝确实是个暴君，但他的政治决策却给日后的俄国带来了光明。俄国1700—1820年的国民生产总值增长幅度远远超过欧洲和世界平均速度，大踏步跨入西方列强行列。作为监狱的彼得要塞还关押过反对沙皇独裁的车尔尼雪夫斯基、陀思妥耶夫斯基、高尔基等名人，而列宁的哥哥亚历山大·伊里奇·乌里扬诺夫因企图暗杀沙皇亚历山大三世被捕，21岁时被杀害在彼得要塞中。

彼得要塞里安放着一座被公认为最丑的彼得大帝雕像。这是由侨居美国的俄罗斯雕塑家舍米亚金创作并于1991年送给圣彼得堡市的。彼得大帝的头做得很小，身躯做得很大，形象怪诞，却充满魅力。这个铜像曾引来巨大的争议，因为这个"蜡像式"的雕塑与人们脑海中熟知的、几百年来不断为雕塑师所表现的伟大沙皇的形象相去甚远。不过随着时间的推移，人们渐渐习惯了它的存在。游人们纷纷触摸大帝的铜像以求带来好运，铜像的头顶、膝盖和手指都泛着亮光。

要塞中有彼得保罗大教堂、钟楼、圣彼得门、彼得大帝的船屋、造币厂、兵工厂、克龙维尔克炮楼、十二月革命党人纪念碑等建筑物。其中最著名的是彼得保罗大教堂，因为大教堂内保存了从彼得大帝到尼古拉二世的几乎所有的俄罗斯

▼ 彼得保罗大教堂

▲ 彼得要塞坚固的城墙

沙皇和皇后的遗骸,尼古拉二世一家于1998年7月安葬于此(历代沙皇中,只有彼得二世和伊凡六世没有埋葬在这里)。还有许多大公也附葬于此,均立有大理石墓碑。这座大教堂建于1703年,原先是木质的,1712—1733年在原处改建为石砌的大教堂,是一座俄罗斯早期巴洛克式大教堂,但明显缺少特有的雕塑艺术感染力。教堂外表庄严肃穆,内部装饰富丽堂皇,有镀铜的吊灯和有色的水晶枝形灯架,内壁装饰有43座精雕细琢的木刻雕像。教堂中陈列着18世纪俄国与瑞典、土耳其作战时缴获的各种证章。

　　大教堂的钟楼很高,金光闪闪的尖顶直刺蓝天,十分迷人。卫国战争期间,尖塔顶部手持十字架的天使塑像曾是德军炮火的目标，后来，两位登山运动员爬上去，将金顶漆成天蓝色，与天空浑然一体，从而躲过炮火，幸存下来。1724年，彼得大帝在生命的最后几个月目睹了大教堂敲响钟声，俄罗斯自此开始屹立于欧洲，经过叶卡捷琳娜二世的努力，那个曾经落后的遍地是农奴的国家一去不复返，一个新兴的帝国从此站立起来。

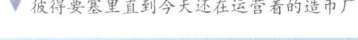
▼ 彼得要塞里直到今天还在运营着的造币厂

圣彼得堡的广场

您可以从教堂、建筑和广场了解欧洲城市的文化底蕴。圣彼得堡也不例外，若干个知名的广场在诉说着这座城市以及整个俄国的历史。有着苏沃洛夫元帅雕像的战神广场，其上有从1917年燃烧至今的长明火，就连莫斯科克里姆林宫旁无名烈士墓的长明火都取于此。还有矗立着叶卡捷琳娜二世雕像的奥斯特洛夫斯基广场和在陀思妥耶夫斯基的小说《罪与罚》中屡次出现的干草广场。此外还有我所住的十月饭店旁的起义广场，也就是莫斯科火车站所在地，圣彼得堡最著名的涅瓦大街观光区就从这里开始一直到海军总部，而从起义广场到涅夫斯修道院这一段的涅瓦大街就不属于观光区了，您逛不逛都行，别像我似的非得把涅瓦大街从头走到尾。位于莫斯科大街最南端的"二战"胜利广场，是1975年由市民捐款纪念900天的列宁格勒保卫战和"二战"胜利30周年而修建的。虽然很知名，但我去过莫斯科的"二战"胜利广场，明显比圣彼得堡这个更震撼人心。

圣彼得堡真正具有代表意义的广场其实就三个，而且离得都不远，最长距离也就几百米，完全可以一次走完。它们是十二月党人广场、圣以撒广场及冬宫广场。

十二月党人广场和圣以撒广场一南一北紧挨着。十二月党人广场有彼得大帝的青铜像，但广场的名字却和圣以撒广场上的铜像——尼古拉一世有关系。1825年12月26日（俄历12月14日），一批接受了法国自由思想的年轻贵族军官在彼得

▲ 十二月党人广场的彼得大帝像

大帝像前举行起义，准备推翻正在此举行即位宣誓典礼的沙皇尼古拉一世，继而废除农奴制，解放全国农奴。然而，由于起义总指挥临阵脱逃，尼古拉一世调集了一万多援兵用炮轰散了起义部队，除了被抓走的起义者，数百名死伤的起义者被扔进广场附近涅瓦河的冰窟中。事发时，这里叫参议院广场，1925年十二月党人起义100周年的时候，它才改叫十二月党人广场。

更加感人的是，他们的妻子同样放弃了贵族优越的生活条件，经过五个星期的风餐露宿，不远万里跑到西伯利亚的荒野寻找自己的丈夫，并与之同甘苦共患难。所有这一切都是她们主动要求的，沙皇尼古拉一世命令她们与罪犯丈夫断绝关系，为此专门修改了不准贵族离婚的法律，只要哪一位贵妇提出离婚，法院立即批准。出人意料的是，绝大多数妻子坚决要求随丈夫一起流放！迫于情势，尼古拉一世不得不答应了她们的要求，但政府紧接着又颁布了一项紧急法令：凡愿意跟随丈夫流放的,不得携带子女,不得返回城市,永久取消贵族特权。这意味着这些端庄、雍容、高贵的女性将永远离开宫殿,离开孩子,告别昔日的富足与优裕。尽管如此,沙皇依然没能阻止这些昔日贵族的妻子们,就像穆拉维约娃对她丈夫说的那样:"为了我们的爱情,我要永远跟随你。让我失去一切吧,名誉、地位、富贵甚至生命!"她们毫不迟疑地跟随着丈夫,走向了冰天雪地的西伯利亚,许多人长眠在了这千古荒原。

十二月党人广场中最显著的标志就是那尊被后人称为"青铜骑士"的彼得大帝骑马像。它是另一位俄国大帝叶卡捷琳娜二世下令制作的,法国雕塑家法尔科内辛勤工作了12年才完成了这尊5米高、20吨重的雕塑。俄罗斯人民永远感激这位法国艺术家为他们塑造了最了不起的彼得大帝形象:头戴桂冠的彼得大帝骑在前蹄腾起的骏马上,显示出所向无敌的风采,马的后蹄踩在一条象征敌人的巨蛇

▼ 马尾巴和蛇的连接巧妙地形成三点支撑

之上。高昂的马头，腾跃的身躯，把彼得大帝创业初期的坚定意志和壮志豪情表现得淋漓尽致。直到今天，很多瑞典游客看到这尊雕像还会流下悲伤的泪水——彼得大帝的辉煌就是建立在打败瑞典，也就是雕像中被马蹄所踏的那条蛇之上。瑞典在当年可是强大的帝国，直到1700年还在纳尔瓦战役中击败俄国彼得大帝率领的4万大军，甚至在1708年还攻入俄国境内。但伟大的帝王就是能凭自己坚强的意志战胜一切困难，就是能凭借个人的魅力托起整个民族。

为了雕刻这座彼得大帝青铜像，法尔科内找了一名体形酷似彼得大帝的俄国将军，让他上百次地骑马冲上人工堆成的山丘，做出跃马的姿态，以便逼真地刻画彼得大帝的动作。外形像悬崖凸出部分的台座是一块重达1600吨的大石块。这块巨石当年在芬兰被发现，叶卡捷琳娜二世悬赏了7000卢布，让数百名农奴费了九牛二虎之力把它拖出沼泽之后，再用几根底部挖有沟槽、装有铜球的大木梁进行运输。这块巨石沿着一条专修的道路滑行了整整一年才到了芬兰湾，最后用木排从水路运到了圣彼得堡。此后，又花费两年的时间为雕像做细部加工与修饰，经过精确的计算使直立的青铜马能稳健地立在台座之上。因为这座彼得大帝青铜骑士雕像是以彼得大帝驾驭马匹的英姿为雕塑主题，在整体设计上，雕塑的青铜马匹仅两条后腿着地，两条前腿是昂扬的姿态，以衬托彼得大帝意气风发的气势。如此匠心独运的创作使它成为圣彼得堡的象征。普希金在一篇叙事诗中将它称为"青铜骑士"，从此以后，"青铜骑士"就成了十二月党人广场上彼得大帝雕像的代名词。

十二月党人广场的南侧就是圣以撒广场，两个广场仅仅隔着一条大街。圣以撒广场北边是圣彼得堡的地标圣以撒大教堂，中间是制造了十二月党人悲惨命运的尼古拉一世的骑马铜像。在塑像下的基座上装有4个神话故事中的寓言人物雕像，分别代表着信念、智慧、力量和平等。据说这4个雕像的面貌与尼古拉一世的妻子和3个女儿极为相似。基座上有4块浮雕，描述了沙皇的功绩。由于尼古拉一世是一个残暴的君主，人们很不喜欢他。在两个相邻的广场上，尼古拉一世的

▲ 尼古拉一世雕像

雕像与彼得大帝的雕像是同朝向的，因此，俄罗斯有这么一句话：蠢人（尼古拉一世）追赶着智者（彼得大帝）。

不过尼古拉一世的坐骑雕塑很有特点，只有两条后腿着地。众所周知，科学上最稳定的结构是三点支撑，两点支撑极不稳定，对于这种想要流传后世的雕塑来说有着巨大的隐患。十二月党人广场上彼得大帝的骑马雕像，马也是两个前蹄腾空，但还有马尾与蛇的连接点成为另外一个支点，就此形成了稳固的三点支撑。尼古拉一世这尊雕像的马匹双腿着地，支撑着整座雕像的重量，更具有设计难度。为了稳定，雕刻家特意往马屁股里注入两吨铅，就此解决了两点支撑的力学难题。正是由于这一独特的设计，雕塑才得以从1856年至今一直屹立在这个地方。

广场最南边外表庄重含蓄的黄色建筑叫玛丽娅公主殿,建于1839年,是尼古拉一世送给爱女玛丽娅的嫁妆,可以称得上是19世纪俄国宫殿建筑艺术的典型。公主曾亲自参与这个建筑物的设计,可惜在19岁时就因白血病去世。现在这里是市议会大楼。由于尼古拉一世雕像与玛丽娅公主殿是同朝向的,据说,公主在里面只住了3个月就搬出去了,因为她不愿意每天早晨起来第一眼看见的是她爸爸的屁股。她曾要求把父亲的雕像转180度,这样她就能每天面对疼爱自己的父亲了。这个过分的要求确实难住了所有人,最后人们终于想出了应对公主的办法——由于雕像位于宫殿和圣以撒大教堂中间,如果尼古拉一世面对你了,那么他的屁股和马的屁股必然对着教堂,你能让"万能的神"每天面对这两个屁股吗?

广场西边是国家档案馆,档案馆下面有一家十分不错的酒吧。广场东边是著名的百年老店阿斯托利亚(Astoria)饭店。据说当年希特勒围攻圣彼得堡,特地嘱咐不要轰炸它,以便胜利后在此举行庆功会。这座咖啡色的饭店至今仍是各国元首喜欢的下榻之处。

圣彼得堡第三个有代表性的广场是冬宫广场。冬宫广场面积可真不小,如果圣彼得堡现在依然是俄罗斯首都,那么阅兵式一定会在冬宫广场而不是那个比它小的莫斯科红场举行。夏天的广场上热闹非凡,骑着仿古马车拉客的、穿着沙俄贵族服装争抢着和游人照相的商贩如过江之鲫。广场中心是亚历山大柱,由整块花岗岩雕刻而成,用来纪念1812年反抗拿破仑战争的胜利,于1830年至1839年建成。令我感到惊讶的是,高47.5米,重达600吨的柱体居然不用任何支撑,只靠自身重量屹立在基石上。柱子的顶部是一尊手持十字架的天使雕像,天使双脚踩着一条蛇,是战胜敌人的象征。

冬宫对面,也就是广场的南边,是富于传奇色彩的,有着弧形设计、帝国风格的总参谋部大楼,历时10年,于1829年建成。总参谋部大楼的中心是双重凯旋门,屋顶上方是乘着6匹马驾驶的战车的胜利女神,雕塑宏伟、精致。在大型艺术作品领域,也许是深受国土面积影响的原因,俄罗斯人在这方面的造诣世界领

先。给我印象最深的是一幅巨型油画，站在它面前只能看到一大摊的油彩甩在建筑的立面上，除了一堆混乱无序的颜色什么都看不出来。等你向远处走出几十米甚至几百米，一下就能看到一个惟妙惟肖的人像填满了整个墙面，这种震撼力用文字真是难以表达。

　　总参谋部大楼从正面看是一个580米长的弧形楼体，好似一个巨人展开了双臂，将广场环抱其中。黄白相间的楼体隔着广场中间的亚历山大柱与绿白相间的冬宫遥相呼应。最显眼的是拱门之上的驾着战马、战车的胜利女神像。6匹健硕的战马拉着女神乘坐的战车，两边各有一个健壮的手持长矛的士兵，雕塑家把战马和士兵的气势表现得惟妙惟肖，体现出"战斗民族"对胜利的渴望，这组雕塑也是为了纪念反抗拿破仑战争的胜利而建造。横跨大马尔斯大街的总参谋部凯旋门将冬宫广场与圣彼得堡最主要的街道——涅瓦大街连接起来，徒步走过双重凯旋门可以把你从热闹的涅瓦大街一下就带到宏伟的冬宫广场。

▼ 阿斯托利亚饭店

▲ 总参谋部大楼

  印象最深的是冬宫广场地面那些年轮状排列的方形石块，配上缝隙里露出的青草看起来十分有年代感，我十分喜欢欧洲的石头路面，每一块石头都是几百年历史的见证，石头看着不大，其实有几十厘米长，可以抵挡几百年甚至上千年的磨损。

物超所值的涅瓦河游船之旅

    圣彼得堡与"涅瓦"两个字是相生相伴的，不管是涅瓦大街还是涅瓦河，没有了它们，就不会有"没去过圣彼得堡，就没有真正到过俄罗斯"这句俗语。在欧洲，涅瓦大街被称作"俄罗斯的香榭丽舍大道"。不过依我看，香榭丽舍大道能不能称作巴黎的涅瓦大街却让人怀疑。涅瓦大街两旁的建筑保存得十分完整，尤其从起义广场到海军总部这一段，简直就是沙俄历史建筑的室外博物馆，一幅幅历史画卷直接展现在你眼前。涅瓦大街对我来说是一个永远都看不够的地方，白天看它的历史韵味，晚上看它的流光溢彩。如果下次去圣彼得堡，我会毫不犹豫地继续以步行的方式再次与涅瓦大街亲密接触。

    74千米长的涅瓦河有28千米流经圣彼得堡市内，坐在游船上可以欣赏到步行所看不到的流动着的圣彼得堡。我尤其喜欢阴天黑得能发出光芒的涅瓦河。其实涅瓦河并不深，但黑色的面纱让我觉得它深不可测。在圣彼得堡乘坐游船观赏城市有两种方式，一种是沿着涅瓦河观赏河两岸的风光，让你由外而内地饱览圣彼得堡全貌；还有一种就是深入到犹如圣彼得堡城市毛细血管的众多内河中，由内而外地体会这座城市每一点每一滴的韵味。不管您选择何种方式，前往被誉为"北方的威尼斯"的圣彼得堡要是不乘一次游船，就相当于去威尼斯没有坐贡多拉。如果您和朋友一起到圣彼得堡旅游，也可以包一艘12人的大船，价格在五六百人民币左右，可以将涅瓦河和城市中的内河风光尽收眼底。

圣彼得堡,北方的威尼斯

▲ 圣彼得堡的城市内河小游船

乘坐游船的最佳时间是6月初到8月底，如果能赶上每年6月22日的红帆节就不会有任何遗憾了。夏季，尤其是6月中旬到7月这段时间，傍晚12点天都没黑，踏上游船观看一点半钟涅瓦河上面的宫殿桥开桥及两岸的美景，绝对是一生中难忘的时刻。不要担心圣彼得堡傍晚的温度，傍晚11点多太阳还懒洋洋地挂在天上不肯下去，穿一件夹克衫应该就没问题了。在天气晴朗的夏天，于下午4:00—8:00畅游在涅瓦河之上，享受着俄罗斯高纬度的凉爽微风。如果租的是大船，还有免费的小吃和俄罗斯伏特加，在黑色的涅瓦河之上贪婪地欣赏眼前流动着的圣彼得堡景色，一定会让你的大脑永远刻下这一帧帧难忘的画面。

如果一起旅行的朋友不到12个人，可以租一条小船。虽然小船的租金便宜，而且还能驶入大船无法进入的内河，但小船有个缺点，就是无法欣赏俄罗斯的传统民族歌舞表演。圣彼得堡每艘大游船都有与游客互动的精彩传统民族歌舞表演。

我乘坐的那艘大船，大厅里四面落地的大玻璃可以让游客全方位地欣赏涅瓦河两岸的风光，餐桌上也摆着诱人的俄罗斯美食；大列巴、鱼子酱、香槟和来俄罗斯必须品尝的伏特加。我找了个靠前的位置坐下，挨个把桌子上的美食美酒尝了一遍，味道嘛，绝对对得起船票。身着传统服饰的几个帅哥美女依次出场，随

▼ 游船上的俄罗斯传统民族舞蹈表演

着欢快的音乐声响起，热情奔放的舞者就在我身边舞动，甚至能感觉到演员带起的风，能听到演员的喘气声。

下面就是互动环节了，其中一个年轻貌美的舞蹈演员开始搜寻目标，不知道是由于我长得太怪异还是离她最近，这个金发碧眼的俄罗斯大美女一下子就坐在了我的大腿上。正当我惊讶之时，她又开始冲我飞眼。整个船舱内开始沸腾，各种刺耳的口哨、各种语言的起哄、各种艳美的目光，铺天盖地向我和我怀中的金发大美女砸来。眩晕的感觉还没退走，俄罗斯美女突然又在我干瘪的脸上亲了一口，瞬间留下了一个大大的、清晰的、红色的唇印，口哨声、叫嚣声、哄笑声，甚至拍桌子声和跺地板声一下子挤爆了整个船舱，声音大得甚至都传到了岸边的游人那里，他们纷纷向我们的游船看过来，以确定我们整船的人是不是在向岸上求救。

船舱里最安静的要数我和坐在我大腿上的金发美女了。她端起两杯伏特加，把其中一杯交给我。船上的游客把我们俩包围起来，纷纷起哄着近距离地看我们俩干了这交杯酒。干杯后，更加热烈奔放的民族舞蹈继续烘托已经嗨到极点的欢乐气氛，让我没有想到的是就在这时下一个互动节目也已悄然启动。

正当我犹豫之时，一方奇艳无比的俄罗斯大花头巾已经包裹住了我的脑袋，美女麻利地把花头巾帮我系好，带着口红唇印的一张东方的面孔和一方艳丽的俄罗斯花头巾整合出了我崭新的形象。我拿着俄罗斯美少女递来的新疆手鼓样的乐器，跟着欢快的音乐认认真真地合奏起来。放下矜持、扔掉自尊、忘记体面，彻底将身体和情绪放纵开来，融入这欢快的场景之中。

这一个小时的游船活动闹得我满身大汗，脸蛋子上顶着艳红的口红唇印走出船舱，登上甲板遥看两岸流动着的圣彼得堡。看到河岸边的冬宫，想起了那匹名叫钻石的叶卡捷琳娜二世的马，想起了伊丽莎白二世让大臣们换上女装，而女人则换上男装的宫廷舞会。再回头看到船舱内桌上的俄罗斯美食，不由得又想起沙俄贵族的140多道菜肴的晚餐。不得不承认，这种游船畅游圣彼得堡的形式是不可或缺的行程，否则圣彼得堡的灵魂你顶多只能体会一半。

苏联从这里走来

斯莫尔尼宫是圣彼得堡一个非常有名的景点,但我更愿意叫它斯莫尔尼建筑群——这里既有斯莫尔尼宫,又有斯莫尔尼修道院,并不是单一的建筑。斯莫尔尼宫蓝白相间的外表一眼就让人想起叶卡捷琳娜宫,而且叶卡捷琳娜二世也确实在这里开了贵族女子学院,所以一般人会把它与叶卡捷琳娜二世联系在一起,而忘掉它真正的由来。

其实这个地方早在没有圣彼得堡的时候就已有人居住,15世纪时,这里顶多就是新城城堡外的郊区,17世纪时,这里还曾被瑞典管辖,属于俄瑞两国交界的军事重地,因此修筑有防御工事以及居住家属的民居,就像一个边防小城。彼得大帝时期,由于这里有一座专门存放沥青的仓库——斯莫尔尼工场,这个地区便开始被称为斯莫尔尼。其实"斯莫尔尼"在俄语里的意思就是沥青,也就是说我眼前宏伟的建筑群的真正名字应该是沥青宫和沥青修道院!好土啊!如果跟朋友说我去了趟斯莫尔尼宫,就显得好高大上,但要说我去了趟沥青宫,多少觉得像是一趟科普之旅。

彼得大帝死后23年,也就是1748年,斯莫尔尼修道院开始修建,整座建筑是由修女住所、食堂、图书馆、修道院院长的卧室、四角4个小教堂围成的十字形

▲ 斯莫尔尼建筑群

建筑群。这一建可就是80年的时间，一直到1828年才完工，又过了7年才开始启用，真不容易啊！1741—1796年这半个多世纪，俄国先后被两个女皇统治着（其间只有彼得三世一个男沙皇在1862年在位半年），伊丽莎白一世时期建造了这个修道院，叶卡捷琳娜二世在当太子妃时倒是在这里住过一段时间，两位女皇都没能等到修道院完工就驾鹤西去。建成后，这个修道院一直没能物尽其用，叶卡捷琳娜二世的时候在此开办了女子贵族学校。十月革命后，苏联政府把这里改作音乐厅，现在的斯莫尔尼修道院中间大楼是小型博物馆，也时常作为音乐厅，两边的人楼是圣彼得堡大学的心理学系和社会学系的教学大楼。

接下来就该说说旁边的斯莫尔尼宫了。这个由意大利建筑师克瓦伦吉在1806—1808年设计建成的宫殿现在是圣彼得堡市政府所在地。这个宫殿最光辉的一段历史是在1917年十月革命期间曾作为布尔什维克军事革命委员会的指挥所,也就是十月革命的司令部。1917年11月7日,列宁在斯莫尔尼会议大厅发表对俄国公民的号召书,宣布一切政权归苏维埃。普京在当圣彼得堡副市长时也曾在斯莫尔尼宫里办公。这栋建筑位于宽阔的广场深处、绿意盎然的林荫道尽头。大楼黄白相间的正

▼ 圣彼得堡市政府

面，在色彩鲜艳的修道院建筑衬托下显得分外庄严。市政府门口有马克思、恩格斯、列宁的雕像，这里的列宁雕像为全俄国第一尊，是1927年十月革命胜利十周年时安放的，而且是按照真人比例1:1（列宁身高1.65米）铸造出来的。看着这座雕像我不禁笑了出来，身高2.04米的彼得大帝带领沙皇俄国走向辉煌，身高1.65米的列宁建立了世界上第一个社会主义国家，为人类带来了新的希望。

登上开往莫斯科的火车

游览完圣彼得堡,我在涅瓦大街起义广场的莫斯科火车站乘坐夜班火车前往莫斯科。俄罗斯的火车站挺奇怪,用终点的名字来命名火车站,去莫斯科就叫莫斯科火车站,让旅客乘错火车的概率降为零。在莫斯科也是同理,只要知道你的目的地就直接进相应的车站,例如,来圣彼得堡就进入圣彼得堡车站,完全不用担心弄混市内的5个火车站。

从圣彼得堡开往莫斯科的夜班火车需要一整夜的时间才能到达,想要快捷可以选择动车,4个半小时就能抵达。我之所以选择夜班火车是觉得更为高效,任何旅途都分3个时间段:睡觉、交通和游览。如果白天坐动车,这4个半小时就完全属于交通,要是坐夜班火车就可以把交通和睡眠合而为一,可以腾出更多的游

▼ 起义广场上的莫斯科火车站

▲ 圣彼得堡莫斯科火车站

览时间，更为高效。

马上要离开圣彼得堡了，这里给我的感觉就是穿越，从今天的俄罗斯一下就进入了沙皇俄国，它的建筑、街道无不散发出强烈的沙俄气息。遥想当年彼得大帝在荒凉的河滩上为了开拓制海权，为了抵御瑞典的强大威胁，生生建立起一个新首都。为了让沙俄摆脱落后的现状，大刀阔斧地进行改革，其中也出现了令人不解的措施，例如让俄罗斯人抽烟，让女人穿暴露的衣服，甚至还颁布过胡子税！彼得大帝为了学习西方，居然能限制到老百姓的面貌上来，真可谓无所不用其极，只要能让沙俄摆脱落后，什么办法都敢用。

等火车的时候可以再看一眼涅瓦大街，这条街不光有饭店、酒吧、书店等商业建筑，也有住宅。能在世界著名的涅瓦大街拥有一套住宅确实很让人向往，房价跟北京比起来那可是太有吸引力了。每平方米差不多3万人民币，而且是室内面积，没有公摊面积这个说法。不过房间确实老化严重，而且外观必须保持原样，想要装修也不是一件容易的事。这里的房子墙的厚度在0.8~1米，统一的双层窗户用以抵抗圣彼得堡冬季的严寒。不过有一点让我感觉不太适应，俄罗斯建筑很多是东西朝向，跟咱们中国南北通透的户型要求迥异。

之前听说我坐的这趟通往莫斯科的火车类似中国20世纪90年代的绿皮火车，设施和服务都很差。4个人一个小包厢，一个包厢100卢布的小费，这要是在中国就是给我100卢布的小费我也不坐这种破车。服务差点其实也无所谓，反正睡一觉就到了。真正可怕的是小偷，所以我暗暗地想，如果真是这种老式火车，一定要记住把门拴上，以防万一。

见到列车后，我大吃一惊。那是很现代化的双层列车。我估计是中国生产的，所有的设施和布局都仿照中国高铁，只是档次降低了一些而已，连装潢用料都和国内的极为相似。最主要的是包厢门的设计，防盗效果超棒，可以安心地一觉到天明。更加令我意外的是，包厢里不但有充电的地方，居然还有Wi-Fi。我赶紧拿出手机连接，但怎么也连不上，上铺的俄罗斯壮汉示意我把手机给他，我想俄罗斯人肯定会操作，果不其然，人家两下就给我连上了，让国内刚刚起床的朋友陪我度过这段无聊的时间。到了莫斯科才知道火车上的Wi-Fi不是免费的，那个俄罗斯壮汉是把我的手机连上了他的热点，我白用了人家的流量连道谢都没有，人家人品太好了，现在发自内心地感谢一下。

看着逐渐远去的圣彼得堡，我竟然有点伤感，还好有着对莫斯科的好奇和期待，让我在伤感和兴奋之间涌出莫名的情绪，不知是喜是悲，不知是忧是盼，这种说不出的情绪让我对圣彼得堡有一种想念。

别了，涅瓦河！别了，圣彼得堡！圣彼得堡到底好在哪里，能让我如此为它着迷？虽然千言万语都堆在心中，但我深知这些远远不能把真实的圣彼得堡描述清楚，借用一句俄罗斯的俗语："阅读七遍描述圣彼得堡的文字不如亲眼看一下这座城市。"

莫斯科是一个世界

"世界上许多城市里有森林,
而莫斯科是森林中的城市。"

莫斯科第一高峰海拔只有 220 米？

经过一夜高质量的睡眠，清晨时分火车把我从圣彼得堡带到了莫斯科。奇怪的是我虽然是第一次到莫斯科却没有丝毫的陌生感，街上的建筑、道路、颜色好像和我小时候在苏联影片里看到的一样，基本上30年前什么样现在还是什么样。总的来说莫斯科比圣彼得堡现代化，没有那么多传统欧式建筑。所以我根深蒂固地认为圣彼得堡是沙俄的代表，而莫斯科则是苏联的代表。

莫斯科有一个指标让人佩服，就是高达45%的绿化面积，市域内有十几个自然森林保护区，近100座占地达2000公顷的大型公园和800座街心花园，郊区还有80多座森林环绕着这个绿色的城市。

如此丰富的自然资源导致的结果就是新鲜得过分的空气。在莫斯科，我最喜欢做的事就是呼吸，呼吸它那感觉有点发甜的空气。当年法国总统萨科齐来到莫斯科访问时就被这绿色覆盖的城市面貌所震惊，无独有偶的是他的前任密特朗在来莫斯科的时候也说过一句话："世界上许多城市里有森林，而莫斯科是森林中的城市。"想想吧，莫斯科得绿成什么样才能得到如此高的评价？

对于我们中国人来说，流传最广的一首俄罗斯歌曲非《莫斯科郊外的晚上》莫属。由瓦西里·索洛维约夫·谢多伊作曲，米哈伊尔·马都索夫斯基作词的这首歌在1957年第6届世界青年联欢节上夺得了金奖，成为苏联经典歌曲并在我国广为流传。这首歌创作时的灵感来自麻雀山，这是莫斯科的制高点，也就是莫斯

▲ 遥看莫斯科市中心

科第一高峰，海拔是22000，你没看错，就是22000，不过单位是厘米。

整个莫斯科就是个平原，能有这么个小山已经很不错了。这个小山得名于以Vorobey（意为麻雀）牧师命名的一个村庄，1935年改名叫列宁山，苏联解体后名字又重新改回麻雀山。

整个莫斯科乃至俄罗斯的历史都在这小小的山丘上留下痕迹，普希金当年从西伯利亚流放归来，也曾在这里流连。著名画家艾瓦佐夫斯基在这里留下了名画《从麻雀山鸟瞰莫斯科》。《莫斯科郊外的晚上》也是人们对麻雀山的倾诉。难怪俄国诗人莱蒙托夫和作家契诃夫都说了一句意思相似的话：不到麻雀山，就不算到莫斯科。山脚下，莫斯科河静静地流淌着。这条长502千米、流域面积达17600平方千米的俄罗斯著名的河流居然就在山的正下方来了个180度大转弯，就像麻雀山伸出两条臂膀把莫斯科抱在怀中。紧挨着河流的就是1980年奥运会主体育场——卢日尼基体育场。

再往远处望去，高楼林立的莫斯科市中心、克里姆林宫教堂群、新圣母修道院、地铁桥、电视塔、科学院主楼、阿尔巴特大街的高楼等都一览无余。

1812年拿破仑率军侵略俄罗斯时，曾站在麻雀山上俯瞰整个莫斯科，并发出了胜利者的狂言："谁说我矮？我比麻雀山还高！"不管是两百年前的拿破仑还是现在的我，都不约而同地选择麻雀山作为俯瞰莫斯科全景的最佳地点。空气的

· 莫斯科是一个世界

通透度极高,站在麻雀山上什么都不干,只做一件事——发呆,一动不动地坐着发呆。让大脑彻底腾空,眼睛看着前面静止的莫斯科全景,呼吸着俄罗斯沁人心脾的空气,把在城市中待久了而产生的烦躁情绪彻底释放,置换出一个全新的自己,我想这就是旅行的意义吧。

▼ 麻雀山下的卢日尼基体育场

七姐妹楼：
苏联的形象工程

　　站在莫斯科最高点麻雀山上的观景台俯瞰完莫斯科全景后原地转180度，你面前会出现一个宏伟的建筑，这就是1755年1月25日由罗蒙诺索夫倡导，伊丽莎白一世亲自下令建起的俄国第一所大学——莫斯科大学，也叫莫斯科国立罗蒙诺索夫大学。一开始，大学设立在红场旁边的中心药店，1953年9月迁至现址。一眨眼60多年过去了，学校也由200多年前的3个系100名学生，发展到了今天的16个系50多个专业3万多名学生，云集全国一流的科学院院士、教授和博士，包括来自100多个国家的留学生，共有13人荣获诺贝尔奖、6人获得菲尔兹奖。

　　毛主席那句"世界是你们的，也是我们的，但归根结底是你们的"演讲，激起了多少热血青年为国效力的豪情。这句话是毛主席1957年在莫斯科大学接见中国留学生时讲的。可惜我没有进入大学找到毛主席曾经讲话的那个大厅。莫斯科大学不像大多数欧美大学那样可以随便出入参观，我只能在宏伟的主楼前感受一下60多年前的那段历史。其实这幢大楼在1933年就有规划，没想到第二次世界大战开始，持续多年的战乱让这个原本叫苏维埃宫的大工程彻底终止。战争结束后，斯大林决定在莫斯科建造7栋摩天大楼，目标就是胜过美国的帝国大厦。

　　有了斯大林的亲自授意，莫斯科的"七姐妹楼"总算由想象变为了现实。苏联为了这个形象工程可是下了血本，"七姐妹楼"的建筑面积达到50万平方米，

▲ 莫斯科大学的主楼

而1949年莫斯科的住房总面积才40万平方米，可想而知当年在"二战"后百废待兴的苏联得付出多大的决心和人力物力才能把这项形象工程撑起来。

作为"七姐妹楼"的老大，原来苏维埃宫的设计被推倒重来，建成了我眼前这栋高达240米的大厦，当年这栋楼远离市区与世隔绝，仿佛世外桃源。它有39层，约6000个房间，也就是说如果一个孩子出生以后每天换一个房间住，等把这

▲ 莫斯科大学主楼前的雕塑

座楼里所有房间住遍就已经16岁了。主楼原始设计里包含宿舍、食堂、影院和教室甚至邮局,更有意思的是这里的24层和25层还被当过临时监狱。

现在如果仔细观察主楼,多少能看出一点衰败的样子。这里曾经住过不少教授,但楼里过于破旧,教授们就都搬了出去,留下来的都是学校里的低级员工。不过我个人对这种建筑还是很偏爱的,这种苏联典型的建筑在北京也有,就是动物园旁边的北京展览馆。它尖尖的塔尖,红色的五角星让幼时的我热血沸腾。直到今天看见这样的苏联建筑我依然热血沸腾,比看见那些摩天大厦要激动得多。当年斯大林下令建这些形象工程的时候,就是要建成给资本主义国家看的,因此要严格区别于西方城市那种摩天大楼的风格。

不管是电影还是建筑，苏联确实做到了独树一帜，它创造并保持了这种与众不同的风格，建筑师们想出了"高层塔楼"这一新名词，将建筑塔楼群体设计为中央高四周矮的阶梯状，以衬托中央主楼的上升之势。中央的主楼高耸，顶部是细细的塔尖，两侧或四角的较矮配楼簇拥着主楼。建筑物高耸的尖顶通常由金属化玻璃制造，以反射太阳耀眼的光辉。外墙都贴白色大理石，明快大方，门厅内挂枝形吊灯。这种建筑风格充分体现出苏联振兴强国的思想，也为人类社会留下了宝贵的文化财富。这些建筑气势磅礴，布局对称，装饰富丽堂皇，以显示共产主义的革命激情与荣耀。"七姐妹楼"（莫斯科大学主楼、外交部大楼、重工业部大楼、列宁格勒酒店、乌克兰酒店、艺术家公寓、文化人公寓）均属这种风格，它们构成了莫斯科的雄伟天际线。

直到20世纪90年代，莫斯科大学主楼还是欧洲最高的建筑，后来德国法兰克福商业银行大厦建成，才结束了它在欧洲傲视群雄的地位。2005年，莫斯科七姐妹楼的"八妹"出现了——新建成的莫斯科凯旋宫复兴了这种式样，它的尖顶被装上后高达264.1米，超过了它"老大姐"的高度。个人感觉这"八姐妹楼"对于莫斯科就像四合院对于北京、石库门对于上海一样，绝对能称为这个城市的文化名片。

普希金与阿尔巴特步行街

莫斯科阿尔巴特大街名列世界十大步行街第九位，这条紧临莫斯科河的购物街位于市中心寸土寸金的黄金位置。这条街最早被记录是在1493年，它既目睹过阿拉伯商人的驼队，也承受过侵略者的铁蹄，它眼看着金帐汗国的灭亡，经历过拿破仑、希特勒带来的战火洗礼。所以说来莫斯科不来阿尔巴特大街就看不到它的历史，虽然今天的阿尔巴特大街与几百年前的样貌已经大相径庭，但当我走在充满沧桑感的街道上，仿佛感到脚下每一块方砖之上都承载着历史。

历史不只厚重，还有超级大八卦。这个八卦，是关于"俄罗斯文学之父"普希金和冈察洛娃的。才子佳人的结合一般都会被文人描写得极为浪漫，但普希金的经历彻底打破了常人对这种美好的臆想。在普希金和冈察洛娃结婚前3个月，普希金给好友写信，抱怨未婚妻冷漠，说"摸不透她的心，想必这颗心外面包着坚硬的橡树皮，还佩有三把青锋剑。她写给我的信语气殷勤，但毫无热情"。在结婚仪式上，普希金给冈察洛娃戴戒指时不慎把戒指掉在地上，他慌忙俯身去捡，碰落了诵经台上的十字架和《圣经》，手中的蜡烛也灭掉了。普希金面色苍白，几天后在他给妹妹的信中说这段婚姻未必善终。结婚后，有一次诗人写了一首特别成功的诗，他兴奋不已、手舞足蹈地跑上前来念给妻子听，不承想却换来她不耐烦的抱怨："上帝！普希金！又是你的诗，快把它们拿开，离我远些，我厌倦极了！"

一位德国女占卜师曾经对普希金的命运有种预言：发财、升官，命中有两次

▲ 阿尔巴特大街最多的就是街头艺术家

流放，将备受国人尊崇，如果在生命中的第37年不遇到来自一名高个子金发白肤男人的不幸，他就可能活到长寿。今天看这个预言简直就是在描述大文豪的一生，可在当时谁会在意呢？但事后的发展真就像占卜师说的那样，普希金不幸遇到了那个高个子金发白肤的男人——丹特士，这个疯狂向冈察洛娃献媚的法国人。社会上的流言开始飞速蔓延，说来也是凑巧，冈察洛娃这时与普希金也反目成仇，不再让丈夫进她的房间。1836年11月4日，普希金忍无可忍，决心采取当时已经被取缔的决斗方式，维护自己的荣誉。

　　1837年2月8日，普希金起床后，来到涅夫斯基大街18号的两兄弟甜品店喝完黑咖啡，拒绝朋友的劝告，乘马车前往小黑河决斗。在决斗中，普希金失利负伤，回到了他和冈察洛娃的家。两天以后，在经历了无数次难熬的痛苦之后，大文豪终于与世长辞，他的情敌被俄国驱逐出境，后来进入了法国议会，冈察洛娃则带着孩子搬到了圣彼得堡的郊区生活,7年以后改嫁又生了3个孩子,于51岁离世。这就是三个人各自的结局。

早在1815年,16岁的普希金就写下了《我的墓志铭》,为自己的一生做了这样的预测和定位:

这儿埋葬着普希金,他和年轻的缪斯,

在爱情和懒惰中,共同度过了愉快的一生,

他没有做过什么好事,可是他心地善良,

却实实在在是个好人。

如今,我站在莫斯科阿尔巴特大街53号普希金的故居前,望着这栋有着怪异颜色的房子,想象着当年他和冈察洛娃在二层的那5间房子内度过的婚后生活,我不禁在想要是早知道这个结局,他们会对自己的生活有什么不一样的安排。普希金故居对面是他和妻子的雕像,身高1.73米的冈察洛娃和身高1.68米的普希金手拉手向前奔跑的造型还真挺阳光,明明他们俩是从这里走向黑暗的结局,可看着这尊雕像还是能让人有种不切实际的联想。

阿尔巴特大街也是艺术家聚集的地方,画摊极多,作品风格各异。除了大多数匠气较重的风景油画外,少部分画作还是很不错的。对普通人来说人像速写比较接地气,画师画得既快又逼真,花几十卢布及半小时的时间就能拿到一幅让人比较认可的大头像。

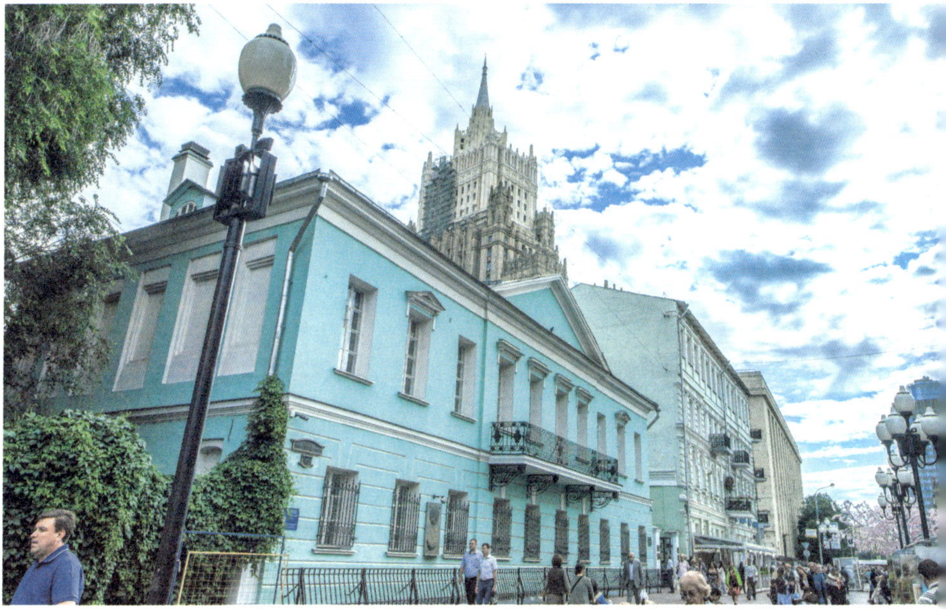

▲ 阿尔巴特大街

▼ 普希金和妻子冈察洛娃的雕像

谢尔盖耶夫小镇

"金环城市"是一条很受游客欢迎的探访俄罗斯建筑宝库的环形旅游路线，历史和文化价值极高，旅客可以莫斯科为中心游览俄罗斯金环，"金环"包括十几个城镇，但真正有名的是以下6座古城。第一座是比莫斯科还要古老的历史名城，始建于1108年，位于莫斯科东北190千米处，被誉为"古代俄罗斯文化另一颗珠宝"的弗拉基米尔。第二座是有着木质建筑博物馆，始建于公元9世纪至10世纪，位于弗拉基米尔市以北30千米的苏兹达尔。第三座是始建于12世纪，位于莫斯科东北方向372千米处的科斯特罗马。第四座是始建于公元1010年，位于莫斯科东北方向282千米的港口城市雅罗斯拉夫尔。第五座是始建于公元937年，位于雅罗斯拉夫尔市以西110千米，伏尔加河上游的乌格利奇。第六座则是下面要详细介绍的谢尔盖耶夫。

谢尔盖耶夫小镇始建于1337年，是莫斯科的卫星城市之一，建筑风格独特，从莫斯科市区往东北71千米就能到达，是一座风景如画的小镇。我坐车从被森林包裹的莫斯科出来，气温适中，天气极为晴朗，云彩格外地低，低得让人颈椎都感到一丝压抑。

谢尔盖耶夫小镇不大，人口只有10万出头，但每年来这里的游客却远远超过当地人口数量。是什么让这么一个不起眼的小镇能有如此的魅力？答案就两个字：宗教。众所周知俄罗斯是一个东正教国家，很多俄罗斯学者认为"俄罗斯的历史，一半都跟东正教有关"。俄罗斯是一个笃信宗教的国家，宗教对俄罗斯的

▲ 东正教神职人员

政治、经济、文化、风俗等都有深刻的影响。公元988年，弗拉基米尔大公接受了东正教，并将其定为国教，东正教遂成为俄罗斯社会生活不可缺少的一部分。尤其在苏联解体后，俄罗斯经济沦落到崩溃的边缘，政治、军事都被西方无情打压，俄国人心中长期的大国优越感瞬间崩塌，当时的俄罗斯没能延续苏联时期的霸气，经济被寡头阶层垄断，老百姓在失去社会主义的同时还深受金融寡头的剥削，出现了可怕的信仰危机。在人们无所适从的时刻，宗教成为人们心中的救命稻草，在物质渴求成为奢望的年代，精神需求总算暂时找到了归宿。宗教热迅速蔓延到俄罗斯大地的每个角落。

很多人认为，俄罗斯东正教的中心是谢尔盖耶夫小镇，这里是莫斯科郊区的"教堂城"。来谢尔盖耶夫小镇主要就是看谢尔盖圣三一大修道院，它是俄罗斯最古老的大修道院之一，也有翻译成特罗伊察修道院的。就像修道院一样，这个小镇也有两个名字，1930年这里曾改名为扎戈尔斯克，以纪念于1919年被炸死的

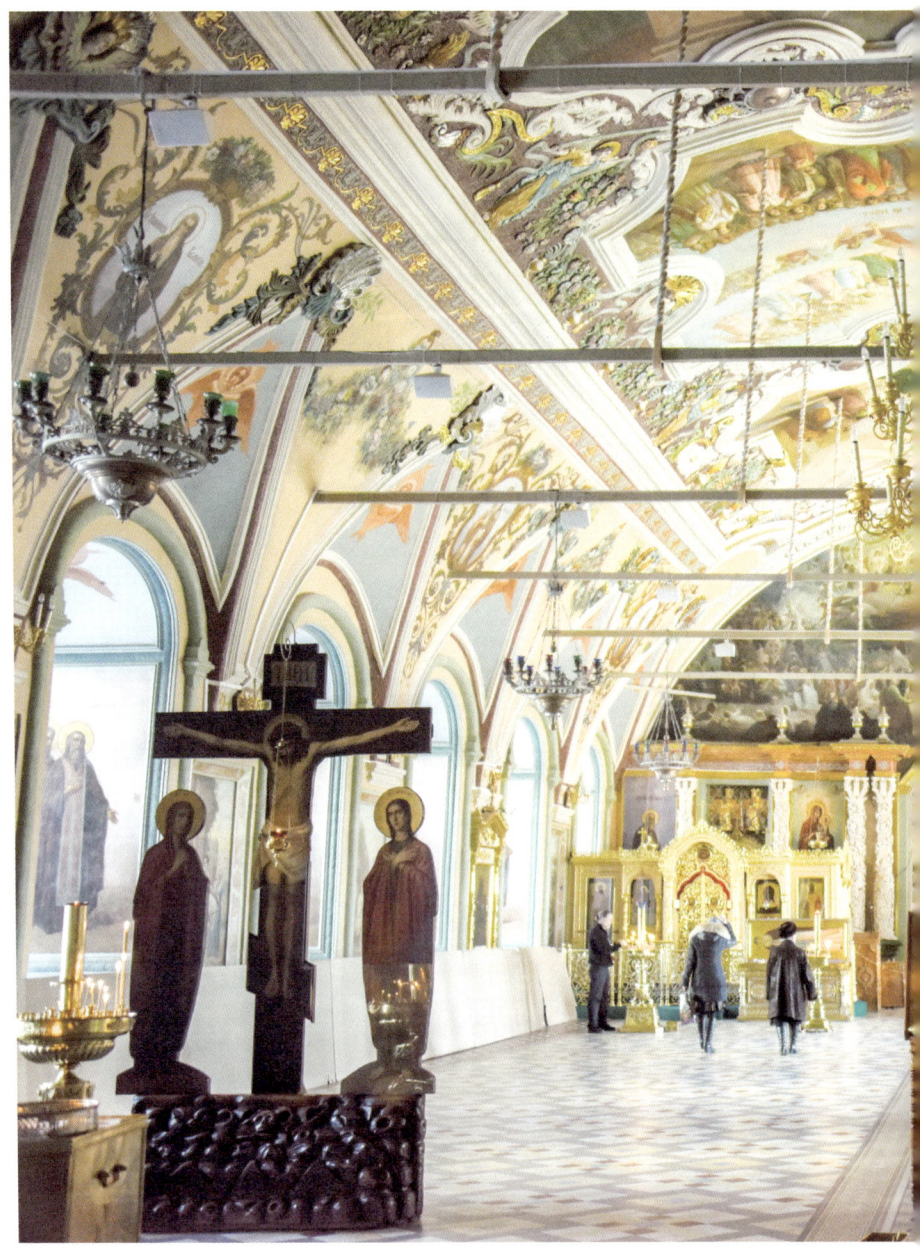

▲ 东正教教堂里没有椅子

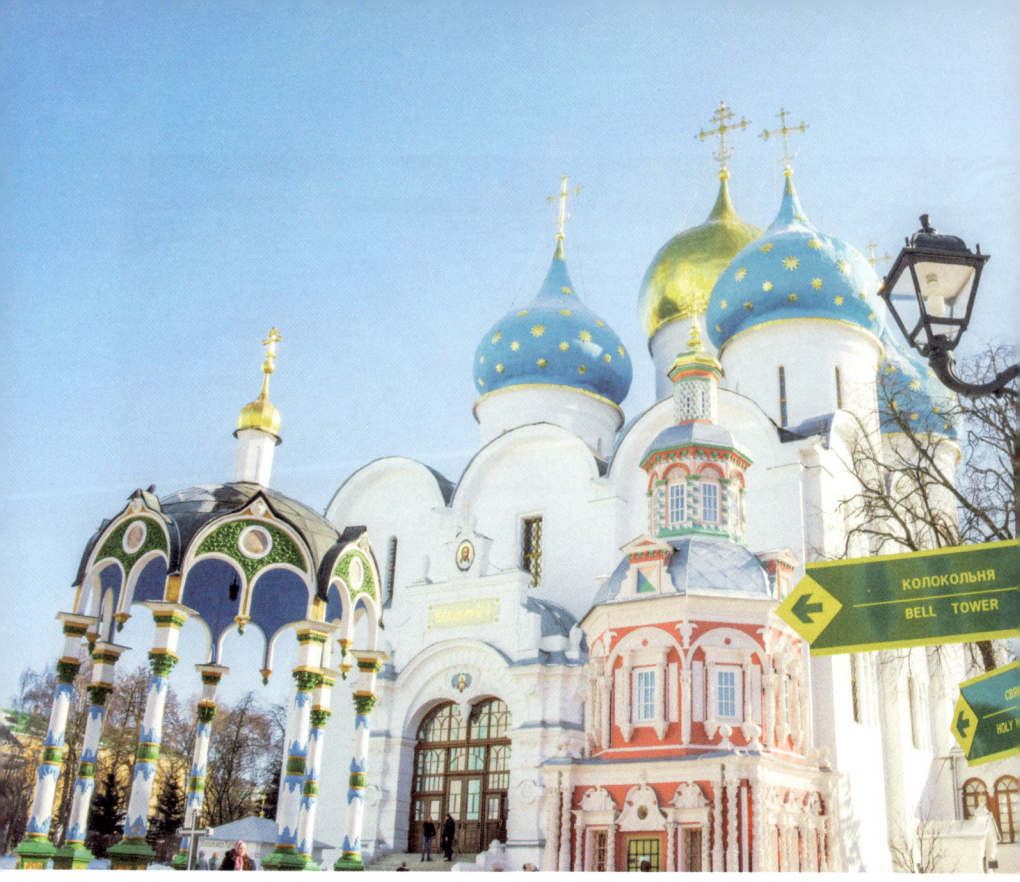

▲ 多彩的洋葱式圆顶

列宁的战友——莫斯科市委书记扎戈尔斯克，苏联解体后复名谢尔盖耶夫。

圣三一大修道院收藏着无数古俄罗斯的绘画精品、贵金属和宝石古董，现在它还是一座国家级的博物馆。它是由圣三一教堂、杜霍夫斯基降灵教堂、圣母升天教堂、沙皇宫殿、斯摩棱斯克教堂和88米高的钟楼以及斋房、慈善医院等集合成的一个建筑群。这里在14世纪成为俄罗斯东北部的行政、文化和宗教中心，1557年还曾经成为弗拉基米尔-苏兹达尔公国的首都。按照建造时间，其中最著名的圣三一教堂建于1423—1442年，是俄罗斯早期白石建筑艺术典范。在这里可以看到以画作《三位一体》而知名的俄罗斯画家安德烈·鲁布廖夫的壁画作品。《三位一体》原本在此教堂收藏，如今收藏于莫斯科的特列季亚科夫画廊。

圣三一大教堂的旁边,是建于1477年的杜霍夫斯基降灵教堂,教堂建筑奇特,由上下两层构成,下层是钟楼,上层是观景台。

位于大修道院中央的圣母安息大教堂是在伊凡雷帝于1585年下令修建的。在4个蓝色洋葱式圆顶的中央,有一个金色的大圆顶,是仿莫斯科克里姆林宫的圣母安息大教堂而建的,教堂内至今还有17世纪的壁画。建于1682—1692年的白石砖砌斋房大厅富丽堂皇,是举行隆重宴会的场所。建于1741—1769年的五层钟楼高达88米,内有挂钟42口,是修道院建筑整体中最宝贵的部分,也是俄罗斯最美丽的建筑物之一。这座88米高的钟楼甚至比莫斯科市内克里姆林宫的伊凡大帝钟楼还要高出7米。

1920年,大修道院被列为国家历史博物馆保护区,里面存有12—19世纪的工艺品和18世纪的俄罗斯绘画,还藏有各种民间艺术品,如木、石、骨雕、壁画、纸彩画、刺绣等,1993年被列为世界文化遗产。

1337年,一个名叫谢尔盖·拉多涅日斯基的僧侣和兄长一起,在一块林中空地上准备修建他们的隐修院,这就是谢尔盖圣三一大修道院的起源。后来兄长因为忍受不了严冬酷寒与食物短缺而去了莫斯科城里的修道院,但谢尔盖依然默默地待在荒野里,独自过着更加严酷的苦修生活,传说他每天只吃一点面包,大部分时间都在工作。一年后,更多喜欢孤独的隐修士开始加入谢尔盖的行列,他们在这片偏僻森林里建立了一座圣三一小教堂,这就是修道院的雏形。随着谢尔盖的名气越来越大,愿在此隐修的人越来越多,这里条件艰苦,必须自建房屋并自辟膳食用地,众人拾柴火焰高,此处慢慢地发展成一座规模宏大的修道院。

在17世纪初期的一场战役中,修道院成为俄罗斯英勇抵抗的堡垒,曾经被围

▲ 白雪覆盖下的修道院

▲ 88米高的大钟楼

▲ 用色大胆的修道院

困16个月之久。许多修士成为骁勇善战的斗士,这段历史也成了它的骄傲。想来到这个堡垒看一看吗?在莫斯科坐地铁至ВДНХ(全俄展览中心)站,在展览中心的大门右侧马路对面,乘388路长途汽车,用时一个多小时就能到达谢尔盖耶夫小镇。

来奥菲斯套娃工厂亲手制作一个套娃

除圣三一大修道院外,谢尔盖耶夫小镇还有个地方一定要去,那就是专门生产俄罗斯套娃的工厂——奥菲斯套娃工厂。直到今天我还依稀记得第一次见这种俄罗斯玩具时的惊诧,精美的娃娃怎么会眨眼间变幻出和它一样精美,只是大小有所不同的五颜六色的娃娃?红的特别绚烂,金的极为耀眼,蓝的十分深邃,每一种颜色的娃娃都十分惹眼,吸引眼球的能力真不是一般玩具所具备的。在一屋子的玩具中,俄罗斯套娃一定是你第一眼就能看到的玩具,它通身的艳丽放出晶莹的光,让娃娃本身通透感极强,质感不是一般玩具可比的。

19世纪90年代,艺术家谢尔盖·马柳京在日本"七福神玩偶"的启发下,设计出第一个套娃,共有8个木偶,最外边是身穿绣花衬衫、萨拉凡裙子,系着围裙,戴着花头巾,手抓黑公鸡的圆脸乡村姑娘形象,往里依次是小伙子和姑娘,最后一个是婴儿。

奥菲斯套娃工厂始建于1947年,是莫斯科周边地区为数不多的生产这种俄罗斯传统手工艺品的工厂之一,50多人的工厂每两天可制成100个套娃,产品远销日本、加拿大等国。我来的这天是周末,还在坚守岗位的就剩下一个工人,

▲ 俄罗斯传统工艺制作的套娃

值班的目的就是接待游客,给来自世界各地的游客表演传统俄罗斯套娃的生产工艺。展厅里样式各异的套娃中,最大的有1米多高,最小的高度不足1厘米。这些椴木制的手工艺品有着绚丽的色彩、可爱的造型、极具俄罗斯民族特色的图案以及精美的做工。我能参观的只有制作套娃素胎的过程,描绘和后期工艺应该只能在产品线工人都齐全的时候才能看到吧。

车间里灯光昏暗,只见操作台前有一个瓦数没多大的灯泡直对着正在加工的俄罗斯套娃，老技工十分熟练地把一整块木材削出套娃那圆滚滚的身材，第一个套娃转眼之间就完成了。往后的表演愈加精彩，因为之后每一个加工出来的套娃都会依次小一号，尤其最后一个套娃，完全是实心的，只有我小拇指的一半大，真不知道技工是如何在高速旋转的刀头下做出如此精细的素胎的。这第一步已经让我目瞪口呆，后面的画胎、上色、固色等工艺我无福得见。不过后面的亲身体验环节弥补了我的遗憾。老技工给了我一个套娃的素胎，让我在上面试着画。我从旁边的展台上拿了一个自己喜欢的套娃摆在眼前，一手拿着毛笔蘸着颜料，一

▼ 正在制作套娃的老技工

▲ 不用说就知道左边的是本人的"杰作"

手紧握素胎思考在哪里落下第一笔。之后的30分钟里，我穷尽自己一生的美学积淀，挥霍了自己所有的艺术造诣，热火朝天地创作了起来。作品完成后，在俄罗斯老技工诧异的眼神中，我捧着自己犹如患了白内障的套娃作品兴高采烈地离开了奥菲斯套娃工厂。

去克里姆林宫近距离欣赏国宝

克里姆林宫在俄国历史上有着举足轻重且不可替代的位置,从1547年俄国第一位沙皇伊凡雷帝在莫斯科克里姆林宫加冕,到一百多年前城堡内外的熊熊烈火,从苏联的74个春夏秋冬,到1991年12月25日红旗降下的那一刻,克里姆林宫一直是历史的见证者。

圣彼得堡有冬宫、夏宫,名字的含义一看便知,但克里姆林是音译,它代表着什么呢?在俄语里,"克里姆林"的意思是"内城"或"堡垒"。在古俄罗斯,统治者往往在河边或湖畔旁建立城堡,城堡外都是服务于这座城堡的手艺人、商人。在整个俄国,这样的城堡都叫克里姆林。毋庸置疑,最大的一座克里姆林就在莫斯科。作为外国人,一听到克里姆林宫会很自然地联想到俄罗斯总统府,但俄罗斯人听到这个单词不过就是城堡。不说远的,就在莫斯科周围的金环城镇,每一个都有克里姆林宫,今日俄罗斯境内,能数得出的克里姆林宫至少还有15座。当然,我这里要说的,还是最著名的莫斯科克里姆林宫。

18世纪以前,克里姆林宫一直都是俄国沙皇的行宫。十月革命以后,这里成了苏联最高权力机关所在地。如今,它依然是俄罗斯联邦总统府。可以说,克里姆林宫是俄罗斯的国家象征,是这个国家的心脏。从沙俄到斯大林时期,克里姆林宫都戒备森严,让这个城堡始终有着强烈的神秘感。1953年12月31日,赫鲁晓夫让克里姆林宫的大门彻底向全世界敞开。自此,来自世界各地的游客都能目睹这件建筑瑰宝。

▲ 克里姆林宫里的炮王

　　克里姆林宫红墙上共建有20座大小不同、形状各异的尖形塔楼，参差错落地分布在不规则的三角形宫墙上。其中，救世主塔楼、尼古拉塔、圣三一塔、博罗维茨基塔、供水塔这5座城门塔楼和箭楼上，装有大大的红宝石五角星，每颗高3～4米，重一吨多。内部安装了莫斯科灯泡厂专门研制的5000瓦的大灯泡，保证了无论白天黑夜，莫斯科全城都能遥遥望见红光闪闪的五角星。

　　游客参观克里姆林宫，必须从库塔菲娅塔楼进出。过了检票处的瓮城，穿过桥和红墙，一进门首先看到的是"白宫"——克里姆林宫大剧院。看着这座由大理石立柱支撑、由大面积的玻璃幕墙组成的现代化建筑，让我有种特别别扭的感觉。克里姆林宫大剧院虽然已有近50年的"高龄"，但毕竟是克里姆林宫里最年轻的建筑，也是与整体最不协调的建筑，有点类似于巴黎卢浮宫里的玻璃金字塔。"白宫"又称"联邦政府会堂"，是俄罗斯议会的所在地。大剧院最显眼的标志就是双头鹰国徽，鹰是世界上寿命最长的鸟类，有强健的体魄、惊人的翼展、锋利的钩喙，是顶级的肉食猛禽。

自索菲亚公主把拜占庭帝国古老的国徽作为继承遗产带到俄国，双头鹰就一直是沙皇俄国的象征，直至十月革命后被废除。苏联解体后，双头鹰又重新回到俄罗斯的国徽上。傲娇的双头鹰一个头雄视整个西方世界，另一个头则觊觎着东方大片的土地，想起最初那巴掌点大的莫斯科公国，真可谓是今非昔比。双头鹰的胸前是一个红色盾形，上面是"圣乔治屠龙"的画面：一名骑士和一匹白马，骑士身穿盔甲披着斗篷，手里握着锋利的长矛刺向象征邪恶的毒蛇，代表着俄罗斯人的勇敢，是捍卫正义、惩处邪恶、追求自由的标志。鹰右爪抓着象征皇权的权杖，左爪抓着象征财富的金球。2000年12月25日，普京签署《俄罗斯联邦国徽法》，从法律上确定了双头鹰是俄罗斯的国家象征。

▼ 我最喜欢尖顶上的红五角星

▲ 入口处的瓮城

　　大剧院对面是一排大炮,据称是从拿破仑军队那里缴获的战利品。说到看炮,克里姆林宫里有个"炮王",但我觉得它的名号实在是名不副实。沿着路一直走到头,向右转就能看到了,但先别着急,先往左边看一眼,那就是普京总统办公的地方。这栋黄色的楼里也出现过列宁忙碌的身影。克里姆林宫里的道路都得靠右行走,稍微靠左一点,就会听到警卫吹出的刺耳口哨声。这门"炮王"从体重来说当之无愧,足足40余吨。这门造于400多年前的大家伙炮口直径达 0.92米,炮筒中可同时容下三人,炮管更是达到惊人的5.34米。青铜炮座正中是一头咆哮的雄狮,炮架上有精美的浮雕。炮前陈列有4个堆在一起的装饰性炮弹。关于它们有两种说法,一种是每个重为两吨,一种是每个重为一吨。按说如此大的块头,如此强的气势,当"炮王"无可厚非,我为什么看不上它呢?因为这门大炮就是个摆设,建成以来就没发射过一发炮弹。在我心里不过就是一个大炮模样

▲ 克里姆林宫大剧院

的街头艺术雕塑。

　　"炮王"名不副实也就算了，旁边还有个更能"忽悠"的大家伙，那就是被称为"钟王"的雕塑。再怎么样，"炮王"雕塑的整体做工还是可圈可点的，而且完完整整地摆在观众面前，让大家可以前后左右360度来欣赏。而这个"钟王"则有点对观众不负责任。1735年，这个重202吨、高6.14米、钟体最大直径6.60米的大钟正式铸成。论体重它是北京永乐大钟的4倍多，号称"世界第一大钟"。钟身上布满雕刻，所雕人物栩栩如生，还有5幅神像。但大钟铸成后第一次敲击便出现裂纹而成为哑钟，1737年又遭大火，工人用冷水扑火，本来就出现裂纹的"钟王"不堪忍受，迸裂一块重达11.5吨的碎片，当时就直接被埋在地下了，让这个"世界第一大钟"漏着一个大洞面对世人近100年。1836年，碎片被挖出，自此就一直放在大钟的大洞旁边，让所有来参观的游人看到它们原本是一体的。

　　离开"钟王"就来到了教堂广场，它是莫斯科最古老的广场，我觉着这个名

▲ 炮王和炮弹

▼ 克里姆林宫里的钟王

▲ 普京总统的办公楼

字起得极为贴切，放眼望去，一堆金色洋葱式圆顶，东正教的气息扑面而来，距离"钟王"最近的是白色的伊凡大帝钟楼。人们从远处遥望克里姆林宫，就能发现这座高高矗立的建筑。它高达81米，是沙俄时期莫斯科的最高点。楼内悬挂着21个大钟和30多个小钟，每当敲响时，很远都能听到。克里姆林宫是俄罗斯世俗和宗教的文化遗产，它既是政治中心，又是公元14—17世纪俄罗斯东正教的活动中心。广场四周围绕着4座教堂。右边的天使报喜教堂，又名布拉戈维先斯基，靠近莫斯科河畔。这是一座皇家私用教堂，沙皇洗礼、大婚、宗教礼拜或接见宗教人士都在这里举行。

广场上最值得一看的是圣母升天教堂，这座白石垒起的宏伟建筑是由意大利建筑师费奥拉凡蒂设计建造的，最明显的标记就是那5个金色的圆顶。俄国第一位沙皇伊凡雷帝就曾在这里举行加冕典礼，叶卡捷琳娜二世当年特意从圣彼得堡

· 莫斯科是一个世界 ·

赶到这里来进行加冕仪式,大文豪列夫·托尔斯泰就是在这个教堂被逐出教门。天使长教堂是用以安葬皇室成员的皇家祠堂。教堂内有47副棺椁,安放着54位俄国大公和沙皇。但自彼得大帝以后,除了在莫斯科患天花死去的彼得二世埋在这里以外,其他人全都埋在了圣彼得堡。

克里姆林宫里还有一个地方我比较感兴趣,那就是普京总统每天上班来的直升机降落点。由于莫斯科的市内交通极为拥堵,普京如果坐车来克里姆林宫,恐怕会因堵车而误事。所以他另辟蹊径,直接改坐直升机上下班,既方便自己又方便百姓。普京的停机坪很好找,就在离他办公楼不远的一处空地上,地上有个大大的"H"。我在旁边坐了半天,幻想能和普京打个照面握个手。当然了,克里姆林宫没有义务让我的愿望得以实现。坐在旁边歇够了,拍拍屁股,径直向克里姆林宫的出口走去。

▼ 紧挨着钟王的就是81米高的钟楼

· 莫斯科是一个世界

▲ 典型的东正教建筑

俄罗斯人心中的圣地——红场

来莫斯科不到红场相当于到北京不去天安门广场,和天安门广场一样,红场位于莫斯科的市中心,不一样的是它不是一个"中规中矩"的广场。天安门广场是横平竖直的长方形广场,相比之下,红场是一个不规则的长方形。作为一个国家的代表,尤其是俄罗斯这样一个大国的代表,红场确实有点让我失望。最早的红场叫"托尔格",俄语的意思就是集市。15世纪末,伊凡三世在城东开拓了"城外工商区",才算有了正规的管理。可没过多少年,也就是1517年的时候,红场所在地发生了大火灾,自从那场大火以后,那里的名字就改成了火灾广场。将近一个半世纪以后的1662年,才有了红场这个名字。红场在十月革命后成为苏联人民举行庆祝活动、集会和阅兵的广场,确立了自己的重要地位。

"红色的"在俄语中有"美丽的"的意思,红场即为"美丽的广场",面积约是天安门广场的五分之一,地面是用一块块长方形的黑色鹅卵石铺筑成的。红场东边是米黄色的古姆百货,南边是多彩的圣瓦西里大教堂,西面是用红色花岗石和黑色大理石建造的列宁墓和后面的克里姆林宫,只有北面的国家历史博物馆是通体红色的,总觉得红场有些名不副实。

来红场一定要先来列宁墓。从早到晚,这里排队的游客都很多。先参观完这里再去别处游览在时间上是最好的安排。列宁墓于1924年1月27日建成,最初是木结构的,1930年改用红色花岗岩和黑色大理石建造。又过了十多年,卫国战争胜利后,苏联把装有列宁遗体的水晶棺换新了。今天看到的列宁墓一半在地下,

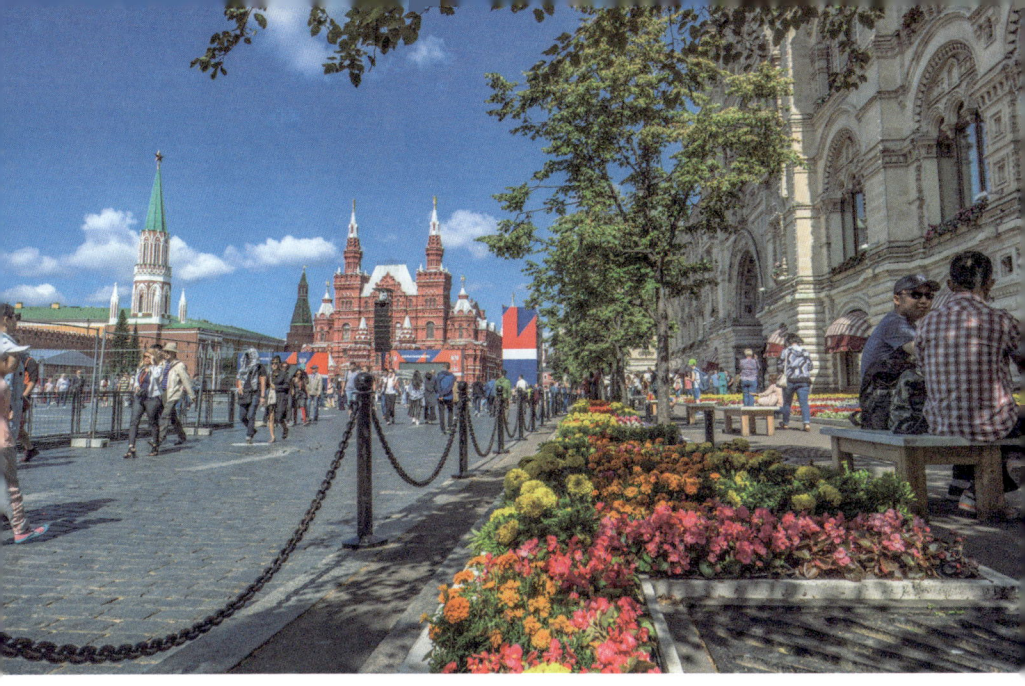

▲ 莫斯科红场

一半露出地面，外部是阶梯状的3个立方体，陵墓体积为5800立方米，内部容积为2400立方米。墓前刻有"列宁"字样的碑石净重60吨。墓顶是平台，平台两翼是每当红场阅兵时可容纳万人的观礼台，每当阅兵或者有其他重要仪式时，领导人就站在列宁墓上观礼。

沿黑色大理石台阶而下，可进入陵墓中心的悼念大厅，进大厅前必须脱帽。走进黑漆漆的墓室后，就能看到列宁安详地躺在铺有党旗和国旗的水晶棺内，身穿黄色上衣，胸前佩戴一枚红旗勋章。肃立在列宁遗体面前的是两名持枪守卫的礼兵。

列宁墓的开放时间为周三、周四上午的10点到11点，周六下午的1点到2点。距列宁墓不远有列宁博物馆，里面珍藏有列宁的遗物。

凝望莫斯科，
每一个瞬间都是史诗

莫斯科地铁以其华贵典雅著称于世，成为莫斯科人的骄傲。每个车站都有精美的浮雕、壁画和别致的照明灯具。

堪比人文景观的古姆百货

莫斯科古姆百货为世界十大百货商店之一。我尤其喜欢它内部那种长廊式的整体布局。在这里即使不买东西,完全把它当作一个人文景点,漫步于其间的拱形门廊,欣赏着这里的精美雕塑,感受着玻璃屋顶投射进来的阳光,恍如进入了欧洲古典城堡之中。

其实在俄罗斯的许多城市里都有名为"古姆"(Gum)的百货公司。"古姆"这个单词在俄语中就是"国立百货商店"的简称。古姆百货至今有120多年的历史,是欧洲大陆上最豪华宏伟的购物回廊。沙皇亚历山大三世于1893年12月2日亲自为古姆开业揭牌,自那时起,这个沿街长达242米,营业面积达8万平方米的百货商场开始正式迎接世人艳羡的目光。

商场最早的名字并不是古姆,而是上流贸易行(Upper Trading Rows)。历经1921年和1953年两次改造,这个极具欧洲古典风格的米黄色建筑和旁边色彩瑰丽的圣瓦西里大教堂、国家历史博物馆以及对面的克里姆林宫和谐地组成红场上一道亮丽的风景。商场内部装饰以欧陆风格为主。大理石地板、水晶玻璃的透明大穹顶、花岗石外墙与金丝细工黄铜细部的装潢,处处彰显着精致、优雅与浪漫。这个3层的商场每层都用宽约10米的半圆形拱门支撑,里面一共有1000多家商店沿着长廊排列。我最喜欢的就是通透的玻璃屋,让内部带有线条冲击力布局的长廊更加明亮,上千家的豪华品牌争奇斗艳的装饰沿着长廊在光线照耀下愈加光彩照人。相比于巴黎老佛爷,古姆内部的视觉冲击力明显要强许多。让古堡似

▲ 奢华的购物环境

的百货商场独具韵味。

  位于整个商场购物走廊相交位置的古姆喷泉恐怕是莫斯科被拍摄最频繁的景点之一了，在莫斯科商定聚会地点时，只要说喷水池旁，绝对不会有一个莫斯科人感到迷惑，因为眼前这个喷水池是整个莫斯科最有名的约会地点。我对这个著名的约会地点没有一点兴趣，我感兴趣的是它旁边卖冰激凌的摊位。可不要小看它，这里卖的是用俄罗斯传统方式生产的冰激凌。我尝过3种口味，从未失望过。建议来游玩的朋友有机会一定要尝尝。

因建绝美教堂，
他们被剜去双眼

莫斯科红场最南边是被誉为"石头的神话"的建筑物——圣瓦西里大教堂。这座举世闻名的教堂是为庆祝伊凡雷帝战胜喀山汗国而建，由俄罗斯建筑师波斯特尼克和巴尔马设计。伊凡雷帝是俄罗斯历史上第一位沙皇（此前俄罗斯大地上的统治者称为大公），这不是他有名的全部原因，让他成为世界史上令人印象深刻的人物的原因是他大到残暴级别的坏脾气。

伊凡雷帝除了脾气暴戾，还有一个特点便是意志极为坚强，想尽一切方法实现目标。面对宿敌蒙古人统治的喀山汗国，他果断发动进攻，接连取得大胜，并最终灭掉喀山汗国。这是俄罗斯历史上的重大转折点，为俄罗斯越过乌拉尔山脉吞并地域辽阔的西伯利亚扫平了道路，为日后彼得大帝的腾飞奠定了基础。

战胜喀山汗国后，伊凡雷帝下令修建教堂以纪念这场胜利，教堂于1555年动工，1561年完成。起初它的名字还只是"护城河边的圣母大教堂"，教堂建成并更名后成为莫斯科的象征。甚至有人说，莫斯科就是圣瓦西里大教堂，圣瓦西里大教堂就是莫斯科。

圣瓦西里指瓦西里·柏拉仁诺，是伊凡雷帝在位时的"圣愚"，有点类似中国的济公和尚。圣瓦西里甚至敢赤身裸体行走在大街之上。传说有许多不可思议的事情在他身上发生，例如让4名少女突然间双目失明，而后又瞬间让她们重见光明。令人印象深刻的一个传说说他成功抵御了蒙古鞑靼人的袭击保卫了莫斯科，还有，据说他曾预言伊凡雷帝会杀掉王储。瓦西里去世后，伊凡雷帝亲自为他扶柩，遗体被葬在现在的圣瓦西里大教堂东北的一座小教堂里。后来，伊凡雷帝封其为圣徒。

圣瓦西里大教堂体现了俄罗斯人民的智慧。教堂整体由9个独立的小塔楼相连构成，团围在一起组成一个"口"字。8个小教堂和中心主教堂在一座地基上拔地而起，它们由曲折蜿蜒的长廊连接起来，串联成一个整体。中心主教堂是以圣瓦西里本人的名字命名，其他8个小教堂对应着俄国历史上的8位圣人的名字。相传，当年俄国军队远征外域，水土不服，面临困境，多亏了8位圣人相助，才得以摆脱不利的局面，取得战争的胜利。为了纪念曾经帮助过自己的人，在伊凡雷帝的支持下，用这8位圣人的名字为8个小教堂命名，加上主教堂圣瓦西里，9位圣人占据了整个教堂的后来加上去的9个洋葱式圆顶。

最有意思的是，在不同的天气状况下，教堂会呈现出不同的色彩，尤其在晴朗的日子里，整个教堂的颜色一下鲜活起来，蓝天白云下红色的教堂顶着9个花纹各异的洋葱头令人眼前一亮，远远地看，仿佛一个巨大的花丛中好几个花骨朵在蓝天白云的映衬下含苞待放，就像童话中公主居住的城堡，46米高的最中央的塔带着其余8个洋葱头在阳光下安然享受着日光，享受着来自世界各地游客投来的艳羡目光，当年徐志摩见到圣瓦西里大教堂就曾说过，这教堂的花顶是"从未见过的一堆光怪的颜色和一堆离奇的式样"，看着就"像是做了最古怪的梦"。

教堂外表的模样让我想起了迪士尼的卡通动漫世界，老觉得站在红场上望向它，会突然蹦出一个米老鼠或者欢快的小鹿。我宁可相信它是迪士尼的童话城堡，也不相信这是一个俄罗斯著名的教堂。我很难一下子接受俄国人这种思维模式，明明庄严肃穆的教堂竟敢如此用色！用色花哨也就算了，形状还这么卡通，欢乐的气氛不分春夏秋冬地蔓延在红场之上，教徒那种对东正教的虔诚如何体现？

这个光彩夺目的传世不朽之作里面是什么样呢？8个小教堂的正门都面向中

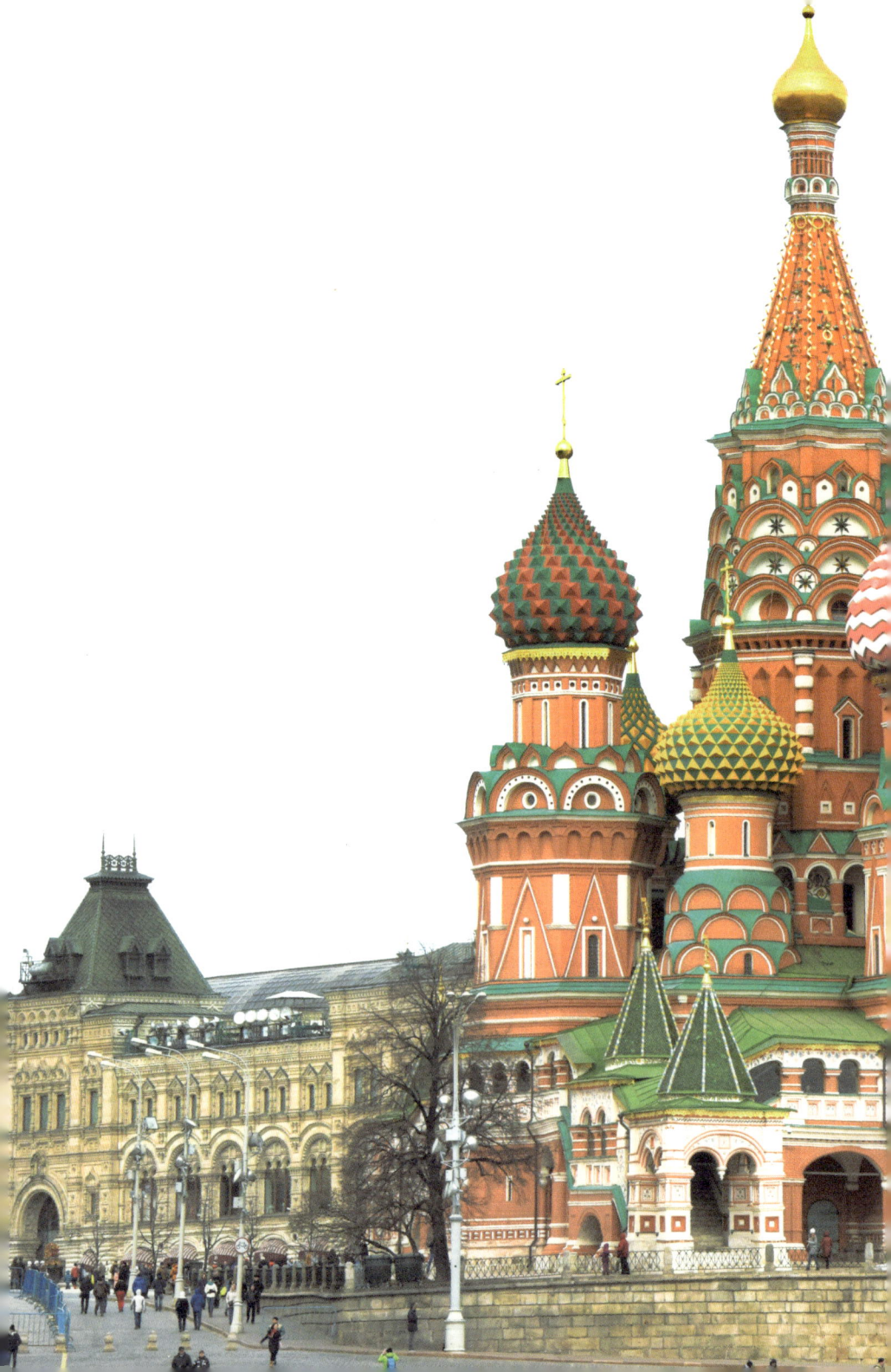

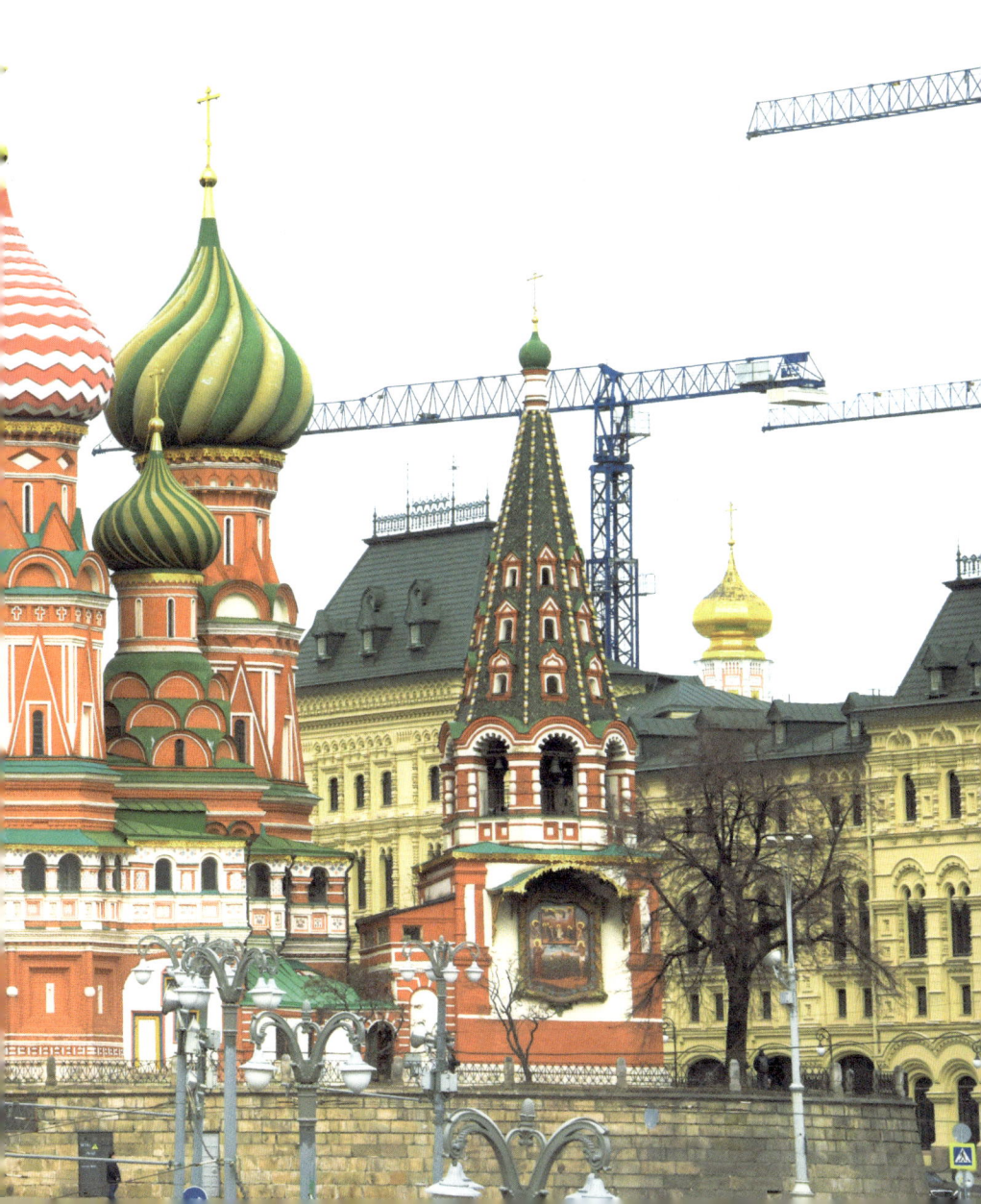

▲ 教堂前面的纪念碑

心主教堂内的长廊，因此无论你从哪个小教堂的门进入，都能看到内部的全景展示。教堂内部与其活泼的外观形成强烈对比。圣瓦西里大教堂内部十分简朴肃穆，虽然肃穆但绝不缺色彩，所有东正教教堂都注重圣像画，有镶嵌画、壁画、绘画手卷、祭坛嵌板、丝绸织画等各种形式。圣瓦西里大教堂也一样，绘制在墙面的古老壁画讲述着一个又一个故事，让人仿佛回到了中世纪。教堂内部的墙壁和外表的五彩缤纷迥异，是用红砖和白石层层堆砌而成，颜色对比很强，两种寓意截然不同的颜色搭配在一起，没有感到丝毫的突兀，反而觉得对比感强烈，华丽中透出朴素，张扬中充满低调。

圣瓦西里大教堂也背负着令人胆战心惊的真实历史故事。在无数能工巧匠的努力下，教堂于1561年建成。伊凡雷帝看到这无与伦比的辉煌建筑，不由得发出由衷的赞叹："此生能见到的最美丽最辉煌的教堂也就是这个了，让世人一同鉴证这个举世瞩目的教堂吧！"随后，一个恐怖的念头也在他心中滋生。为了不使同样的壮丽辉煌重现，他下令将修建教堂的工匠的眼睛全部挖去，令他们不能再有所创作。

在教堂前面有个纪念碑，是爱国志士米宁和波扎尔斯基的雕像。1611年波兰人打到莫斯科，肉贩子米宁组织起抵抗力量，邀请贵族波扎尔斯基公爵指挥军队，于1662年赶走了侵略者。莫斯科从波兰贵族军队手中解放出来时，米宁和波扎尔斯基公爵的军队从红场开进克里姆林宫。1818年，为纪念这次保卫战，他们俩的雕像正式落成。纪念碑上拿盾牌的是波扎尔斯基公爵，没有盾牌的是米宁。最初纪念碑放置在红场中央，1936年被移至教堂前。雕像旁边是建于1547年的一个圆形平台，俗称断头台，最初是向群众说教和宣读沙皇令的地方，不知什么时候开始成了行极刑之地，行刑时，在台上宣读处死令和犯人罪状，在台下执行。最让我感到奇怪的是为什么俄罗斯人来到这里都往台子上扔硬币。

从未闭馆的博物馆,承载着历史的辉煌

红场的北边是红砖白顶的国家历史博物馆。不过在红场上只能看到这栋建筑的"屁股",国家历史博物馆的正门在另一面,门前矗立着朱可夫元帅的雕像。

国家历史博物馆是一座3层红砖楼,其式样仿照古代俄罗斯建筑,南北各有尖塔8座。与楼体朱红色的外表不一样的是它白色的楼顶,让人眼前为之一亮,将俄罗斯人在用色方面的天赋体现得淋漓尽致。博物馆里主要介绍俄罗斯从原始时代开始各个时期的历史。馆内的藏品非常丰富,多达400余万件。博物馆自开馆以来,从未因任何原因关闭过,即使是在第二次世界大战莫斯科被德军包围期间,也坚持开馆。

博物馆以西有一个地方吸引着我的注意力,许多游客都在仔细端详地上的一个正方形标记,这是莫斯科正中心的标记,无数游客围着它拍照留念。博物馆的南面是红场,北边是马涅什广场。它旁边是如今早已搬到麻雀山的莫斯科大学的老校楼,门脸并不对称的莫斯科四季饭店,隔着特维尔大街的俄罗斯国家杜马大楼,以及被踩在脚下的地下商城。

说了这么多建筑和大街,其实我最感兴趣的还是矗立在博物馆前面的为纪念"二战"胜利50周年而建立的"二战"英雄朱可夫元帅的雕像。它表现的是1945年6月24日上午,当克里姆林宫钟声敲响10下之后,苏联国防人民委员会第一副主席、苏军副统帅朱可夫元帅骑着白色阿拉伯骏马,从克里姆林宫大门进入阅兵场。阅兵总指挥罗科索夫斯基元帅向朱可夫做报告。随后,朱可夫和罗科索夫斯

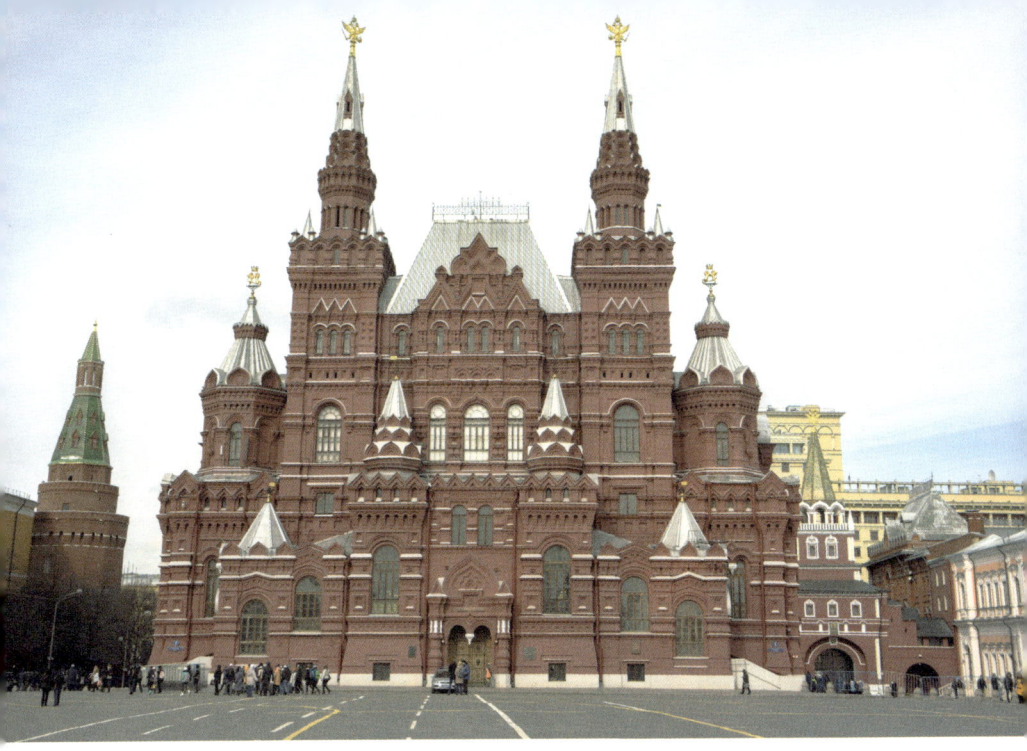

▲ 历史博物馆

基一起检阅部队。这个雕塑生动地记录下朱可夫元帅在那一刻的伟岸身影，连人带马是那么传神，让这位世界著名军事家、第二次世界大战中苏军主要领导人之一鲜活地屹立于马涅什广场之上。

当年美国的艾森豪威尔将军对朱可夫是这样评价的："他是指挥过重要战役的负责任的将领，比同期其他任何人的作战经验都丰富。"如果您说这是友军将军出于礼貌的评价，那么再来看看他的敌人希特勒是怎么说的："假如我有一名像朱可夫这样的将领，早就统治世界了。"不管是战友还是敌人，都不约而同地向朱可夫元帅竖起了大拇指。就像巴顿将军说的那样，一名将军最完美的死法就是在最后一场战斗中被最后一颗子弹打死。军事家就属于战场。"二战"结束后，朱可夫与斯大林、赫鲁晓夫这两位苏联领导人都不欢而散，对抗战场上的敌人对于朱可夫来说游刃有余，但很明显，在太平盛世的政治斗争中，像他这种军

事家明显不能适应,以至于在两任领导人在任期间都被打压。1974年6月18日,一代名将在抑郁中去世,享年78岁。1995年5月俄罗斯纪念世界反法西斯战争胜利50周年之际,朱可夫的名誉才彻底恢复。

朱可夫雕像的右前方有个古怪的建筑,不是建筑的外形古怪,而是建筑正面的装修古怪,它就是赫赫有名的莫斯科酒店。它是苏联第一座大型酒店,不过原

凝望莫斯科，每一个瞬间都是史诗

▲ 俄罗斯国家杜马大楼

建筑已不复存在，目前看到的是后按原貌复建的建筑，现为莫斯科四季酒店。酒店的门面采用不对称布局，让人感觉非常别扭。传说酒店的设计方为斯大林提供了两种不同的外立面设计，由一条线隔开，他的签名就压在这条线上。没有谁敢询问斯大林的具体意见，于是建筑师就把两种设计用在了同一座建筑上。右侧风格更简朴，而左侧则有多种装饰元素。

▲ 马涅什广场上的朱可夫元帅雕像

▼ 不对称的莫斯科四季酒店

▲ 红场边守卫无名烈士墓的卫兵

今天的马涅什广场已经成为来莫斯科旅游不可错过的景点。当年俄罗斯文学大师列夫·托尔斯泰曾经在马涅什广场练习骑自行车,广场对面的俄罗斯杜马大楼也印证着俄国的历史变迁,楼前的排名世界最贵商业街前十名的特维尔大街记录着俄罗斯经济的发展。这一切,都等着游客亲自来体验。

地下的艺术殿堂——莫斯科地铁

1931年,莫斯科市委第一书记拉扎尔·卡冈诺维奇在联共(布)6月全会上做了关于建设莫斯科地铁的报告。1932年起,数千名青年投入到地铁建设中。从1935年5月15日建成起,至今有约440千米的运营里程。去过莫斯科的朋友一定会对地铁里坡度极陡的扶梯和坐到让人心急的超长时间印象深刻。尤其是胜利广场那一站,长长的扶梯一眼看不到头,令人头晕目眩。

莫斯科地铁给我印象最深的是怎么也坐不到头的扶梯。45度的大斜坡在普通人看来就像直上直下一样可怕,身体不自觉地向后倾,生怕一不小心就会滚下去。不过扶梯的灯设计得很好,无数个球形的大灯泡影影绰绰,在深深的通道中营造出一种浪漫的效果。这漫长的乘坐扶梯的过程只有亲自体会一次才知道它的不可思议。挖这么深的原因就是为了战时作为军事和防空设施,可供400多万居民使用。

自从平壤地铁运营以后,莫斯科地铁不再是世界上最深的地铁,让它闻名世界的是它的艺术性。那装潢得犹如圣殿一般的地铁站台,每一个都可以说是顶级艺术家的杰作,享有"地下的艺术殿堂"之美称,仿佛一座座艺术博物馆,其中44个甚至名列俄国文化遗产。如果蒙着眼睛把你带进来,你一定不会猜这里是繁忙的地铁站。地铁站的内部装饰造型各异、华丽典雅,各有其独特风格。来自乌拉尔山、阿尔泰、中亚、高加索及乌克兰等地的20多种大理石及各种矿石,铺满了车站的大厅。五颜六色的大理石、花岗岩、陶瓷和五彩玻璃镶嵌出各种浮雕和

▲ 莫斯科最深的地铁站——胜利广场站

壁画装饰。照明灯具十分别致，好像宫殿中的华灯。

　　莫斯科地铁带有明显的历史色彩，从地铁站名就可以看出，如十月广场、马克思主义者、红色近卫军、列宁大街、共青团员等。还有一些是以俄国历史上的名人命名的站台，像普希金、契诃夫、屠格涅夫、马雅可夫斯基等。最有名的两个地铁站要数共青团员站和马雅可夫斯基站，尤其是马雅可夫斯基站，其设计方案于1938年在纽约国际展上获得大奖，使该站成为世界级的地铁站。在我看来，如果论地铁站，全世界还没有哪个国家能和俄罗斯一较高低，不管是油画还是雕塑，一个个都是那样惟妙惟肖，不论是站台布局还是装潢，每一站都有着强烈的个体风格。尤其在站台没人的时候，拿个三脚架支起相机，踏踏实实地拍几张照片，我敢保证，看照片的人一定认为拍摄的对象是欧洲古老精致的皇家宫殿，无论如何也想不到这是每天运送900万人的莫斯科地铁。

莫斯科地铁站的装潢世界第一，但地铁本身可就不尽如人意了。从安全检查开始就让人不敢恭维。2010年3月29日那场爆炸案让40人失去了生命，可谓震惊全球，当我来到这里的时候，发现并没有必要的安检程序，很轻松地就进入了地铁。难道是时间久远已经忘记了伤痛？然后就是服务，路牌上没有英文，地铁站里也没有卫生间，站台还没有屏蔽门，这些给外国旅游者带来极大的不便。最可气的是一个几条地铁线都经过的地方并不是一个名字，这让游客换乘其他线路的地铁极为不便。有意思的是当地铁由周边向市中心驶去的时候，车厢内报站音为男声，当地铁开始驶出市中心通往郊区的时候，报站音则为女声，而在环线上，当顺时针行驶的时候，为男声报站，而逆时针的时候则为女声。

说实话，地铁车辆有点落后，看着并不老旧的车厢像是20世纪七八十年代的产品。伦敦的地铁时间很久远了，但列车的外形却很时髦。洛杉矶的地铁也不

▼ 富丽堂皇的莫斯科地铁站

▲ 胜利广场地铁站

错,多少算是21世纪的产物。莫斯科的地铁列车呢?说得夸张一点有点像朝鲜地铁的升级版,平壤地铁是20世纪六七十年代的产物,木质的车门靠乘客开关,因为车厢内上层的小窗户是开着的,车里的噪声能大到让人难以忍受。莫斯科地铁倒不至于那么老,但也是开着上层的小窗户,车厢没有自己的空调换气系统,行驶起来的噪声也能达到100分贝,坐莫斯科的地铁得有充分的准备。不过除了那次爆炸案,俄罗斯地铁的安全性还是不错的,最起码我没有遇到之前在巴黎坐地铁时前方几米突然出现一名男子当众抢夺女孩手里的麦当劳全家桶这种奇葩事件。

莫斯科凯旋门

在莫斯科城西著名的胜利广场旁边繁华的库图佐夫大街中央,有一座造型和巴黎凯旋门类似的建筑,只是体型略小,它的名字也叫凯旋门——莫斯科凯旋门。

说起莫斯科的这座凯旋门,有个流传已久的故事。1812年拿破仑率领64万大军攻进了莫斯科,并在麻雀山上说了那句名言:"谁说我矮?我比麻雀山还高!"很明显,拿破仑认为拿下莫斯科是他人生中又一战功。但说实话,当时俄国人并未抵抗法军,留下一座空城让拿破仑进来,这场战役可以说是只有"成"而没有"功"。这还不算,在拿破仑撤离途中俄国人频频予以狙击,加之天寒地冻粮草不继,导致法军伤亡惨重。俄国人理直气壮地认为这场战争他们才是胜利者,为此在1814年为庆祝战胜拿破仑的俄军将士从西欧远征归来,莫斯科人在特维尔关卡建立了一个木制凯旋门。不过在12年后的1826年,该凯旋门就因腐朽而倒塌。在巴黎凯旋门建成前将近两年,也就是1834年9月20日,石制的莫斯科凯旋门建成。1936年,苏联政府决定规划白俄罗斯车站附近的广场,于是将凯旋门等其他建筑拆除。1966年,莫斯科决定在新的地址上重建凯旋门。1968年11月6日,新的凯旋门在新的地址上再次被建立起来。这个最终落成的凯旋门距离第一个木制凯旋门的建成已经过去了整整154年。

两个国家都声称自己打赢了这场战争,而且分别在两国建了凯旋门来加以纪念,那么到底谁赢谁输呢?其实,巴黎凯旋门是在1806年建的,6年以后拿破仑

▲ 为纪念反法西斯战争胜利50周年而建的胜利广场

才打进莫斯科。巴黎凯旋门是为了纪念打败俄奥联军修建的,并不是为纪念打进莫斯科而建,而莫斯科凯旋门是为了纪念俄国1812年战胜以法国为首的法、奥、普联军。要是这么说,两个凯旋门就不会矛盾了:一个是拿破仑为庆祝打败第三次反法联盟而建,一个是俄国庆祝第六次反法联盟的胜利而建。

离凯旋门不远处,就是为纪念反法西斯战争胜利50周年而建的胜利广场。莫斯科凯旋门是为了纪念第一次卫国战争打败拿破仑,胜利广场则是纪念第二次卫国战争打败了希特勒。不得不说,俄国还真像传说中那样是个战斗民族,虽然历史上也有不少败绩,但像这种关键性的、决定民族未来的战争,从彼得大帝面对强大瑞典,到斯大林面临恶魔希特勒,俄国人还都取得了最后的胜利。

在战争打得最胶着的1942年,苏联就产生了为英雄树碑的想法。1955年,朱可夫元帅在写给苏共中央的信中再次提及建立纪念碑一事,不过在1958年树立了

▲ 莫斯科凯旋门

纪念石。经历了苏联解体后的阵痛，在"二战"胜利50周年之际，胜利广场建成。1995年5月7日，俄罗斯总统叶利钦在这里举行了反法西斯战争胜利50周年的盛大庆典。广场的代表性雕塑为胜利女神纪念碑，碑高141.8米，象征着卫国战争那1418个残酷的日日夜夜。广场地面由2660万块大小不一的方砖铺就，代表着苏联在卫国战争中有2660万死难者。从广场中央走向纪念碑的战争年代大道上，依次排列着刻有1941—1945年的5座花岗岩石碑，记录着卫国战争的年代。我来这个广场时赶上阴雨天，整个广场显得很阴郁，倒是符合哀悼的气氛，不过真是没心情欣赏这个面积整整是红场15倍的广场。

俄罗斯最不缺美女和酒鬼?

众所周知,俄罗斯盛产美女。斯拉夫美女的典型特征就是大大的眼睛、清澈的眼眸、高高的鼻梁、尖尖的下巴,尤其是深陷的眼眶和突出的颧骨,让整个的脸部轮廓看上去极具立体感。

不过漂亮只限于俄罗斯女人年轻的时候,中老年的俄罗斯女人统称大妈——有着套娃般臃肿身材的俄罗斯大妈。俄罗斯人自己有个笑话,婚前的男人这样说:"我的伊莲娜,你就是我生命中的阳光。"婚后的男人说什么呢?"我的伊莲娜,挪一下,咱家屋里没阳光了。"尤其看那些苏联时期的电影,里面的俄罗斯大妈抓住俄罗斯壮汉就像拎小鸡似的。

不过,以我的经验,在莫斯科、圣彼得堡这样的大都市里,甚至是偏远的远东城市符拉迪沃斯托克,中年女人变胖的比例已大幅减小,大街上身材苗条的中年妇女比比皆是,而且还极为乐于展示自己的身材。

"二战"过去多少年了?阿富汗战争过去多少年了?按理说战争减员的俄罗斯男性早就该恢复到正常水平了,可现实告诉人们,今天俄罗斯城市的男女比例是2:3。如此悬殊的比例造就了俄罗斯男人极为金贵的现状。今天俄罗斯女人如果家里没车没房可是没人娶的,女多男少没办法。

今天俄罗斯男女比例严重失调的原因或许应该归罪于酒精。俄罗斯有着整个民族酗酒的历史,当年彼得大帝曾经为此下过禁酒令,但没有一任俄国领导人能把俄罗斯男人的酒戒掉。漫长的严冬让人离不开高度数的蒸馏酒,长期饮酒必然会影响生育。在俄罗斯，一个不酗酒的男人绝对是天使了，这也是为什么俄罗斯有一首歌名字叫《要嫁就嫁普京这样的人》，因为普京就不喝酒，绝对是国宝级的男人。本来男女比例就失调，再加上男人的生活太丰富了，都不愿意要孩子，导致俄罗斯虽然保障体系完善，生活压力不大，但人口每年依然在减少。

俄罗斯政府也没少想办法，包括控制烟酒的销售，减少对男人生育能力的伤害。俄罗斯2014年6月1日起公布新的禁烟令，规定公共场所不许吸烟，建筑物15米以外才能吸烟。所有零售香烟的地方不能把香烟摆出来，只允许把品种打印在纸上给顾客挑选。酒呢？晚上，即使超市没关门，酒也不许卖了。即使在白天买酒也必须套上黑的塑料袋，不能让别人看到里面装的是酒。也就是说拿着酒瓶在大街上招摇过市已经属于违法行为了，更别提在大街上边走边喝了。街上的警察只要看到有酒鬼倒在地上，当即就送进警局的监狱里，直到第二天酒醒了才能放出去。

如此严厉的执法造就了一个有趣的街头现象，大街上的酒鬼只要看到警察立

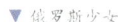
俄罗斯少女

凝望莫斯科,每一个瞬间都是史诗

▲ 俄罗斯美女

马找最近的大树或电线杆死死抱住,只要不栽在地上,就不会被关进警局。赶上警察心情好,看到酒鬼就一笑而过,赶上心情不好,警察就在旁边抽烟,酒鬼什么时候坚持不住倒在地上,立马就被带走。俄罗斯每年冬天冻死在街头的酒鬼不计其数,政府出台如此严厉的法律也是迫不得已。

俄罗斯国徽竟是舶来品？！

如果有人问我去俄罗斯旅游印象最深的是什么，我会毫不犹豫地回答是用紫金包裹的洋葱式圆顶。俄罗斯人为什么喜欢用紫金包裹教堂洋葱式圆顶呢？其实仔细观察，在俄罗斯紫金可不只用在教堂上面，以前用来做十字架，直到叶卡捷琳娜二世的时候女人才可以佩戴。我曾见到过佩戴祖传紫金首饰的俄罗斯女孩，可见自从叶卡捷琳娜二世开始，紫金在俄罗斯人的心中就是宝物。

紫金与铂金、黄金并称为世界上三大金。但由于它的产量和传播度有限，只能屈居于第三的位置，但这并不代表紫金在质量上比其他两种金差，相反，紫金首饰的亮度、光泽度和耐磨度，都优于其他两款。即使佩戴了很多年，也依然能保持最初的光泽度和亮度。俄罗斯人不戴黄金首饰，都戴紫金，只有小部分人戴铂金。紫金不会褪色，不像黄金得定时清洗。紫金硬度高，镶嵌宝石不会掉下来。由于硬度高，造型更加丰富。即使同一个牌子的紫金首饰，因其工艺的不同，成色和亮度上也会有所差别。紫金因产地不同，成色也有所不同。买紫金首饰是按照工艺收钱的，不是按克卖。

由于紫金的硬度高，镶嵌成为必不可少的选择。中国的首饰镶嵌的大多为锆石或钻石，但俄罗斯紫金首饰的镶嵌物有锆石（价格也偏低）、钻石、红宝石、绿宝石、天然水晶，以及其他叫不上名的各色宝石，因为俄罗斯是资源大国，盛产各色宝石。

在俄罗斯旅游时除了对紫金洋葱式圆顶感兴趣，排名第二的就是它的双头鹰国徽。其实它是舶来品，双头鹰的由来可追溯到公元15世纪。它原是拜占庭帝国皇帝君士坦丁一世的徽记。拜占庭帝国曾横跨欧亚两个大陆，所以双头鹰一头望着西方，另一头望着东方，就象征着两块大陆的统一以及各民族的联合。当年奥斯曼土耳其打败拜占庭的时候，末代公主索菲亚跑到莫斯科，和伊凡三世结婚。后来伊凡三世统一各个公国，把拜占庭的双头鹰作为国徽，东正教成为国教。索菲亚向丈夫提出复仇计划，一定要让奥斯曼帝国得到最残酷的惩罚。伊凡三世本人也正需要出海口扩展自己的势力版图，随即向土耳其宣战。

  俄国真正的崛起还是在彼得大帝时代，这个身高2.04米的帝王不但是个巨人，在历史上也被公认为伟人。最有意思的是莫斯科河上的彼得大帝雕像，按说这座排名世界第8高的雕塑应该是莫斯科人的骄傲，但事与愿违，莫斯科民众极为反感这尊高达98米的雕塑。其实这尊雕塑原本是纪念哥伦布的，只因没能卖给美国人和西班牙人，作者只好把哥伦布雕塑的头颅卸下来换成彼得大帝的。这么个替换品自然激起了民愤，右翼团体甚至强烈抗议。以我不高的美学素养，看着真有点别扭，一个高高的人站在帆船的桅杆旁，人物再高大也不能比桅杆高吧？而且整个雕塑就一个桅杆，既没有船头也没船尾，不知道是该看人物还是该看桅杆。我不由自主地站在了莫斯科市民的一边，但无论如何，自1997年以来，换头的彼得大帝一直矗立在莫斯科河中的船上，目视远方。也许他心里不停地在说："凝视远方，凝视远方，远处看不到抗议的人群。"

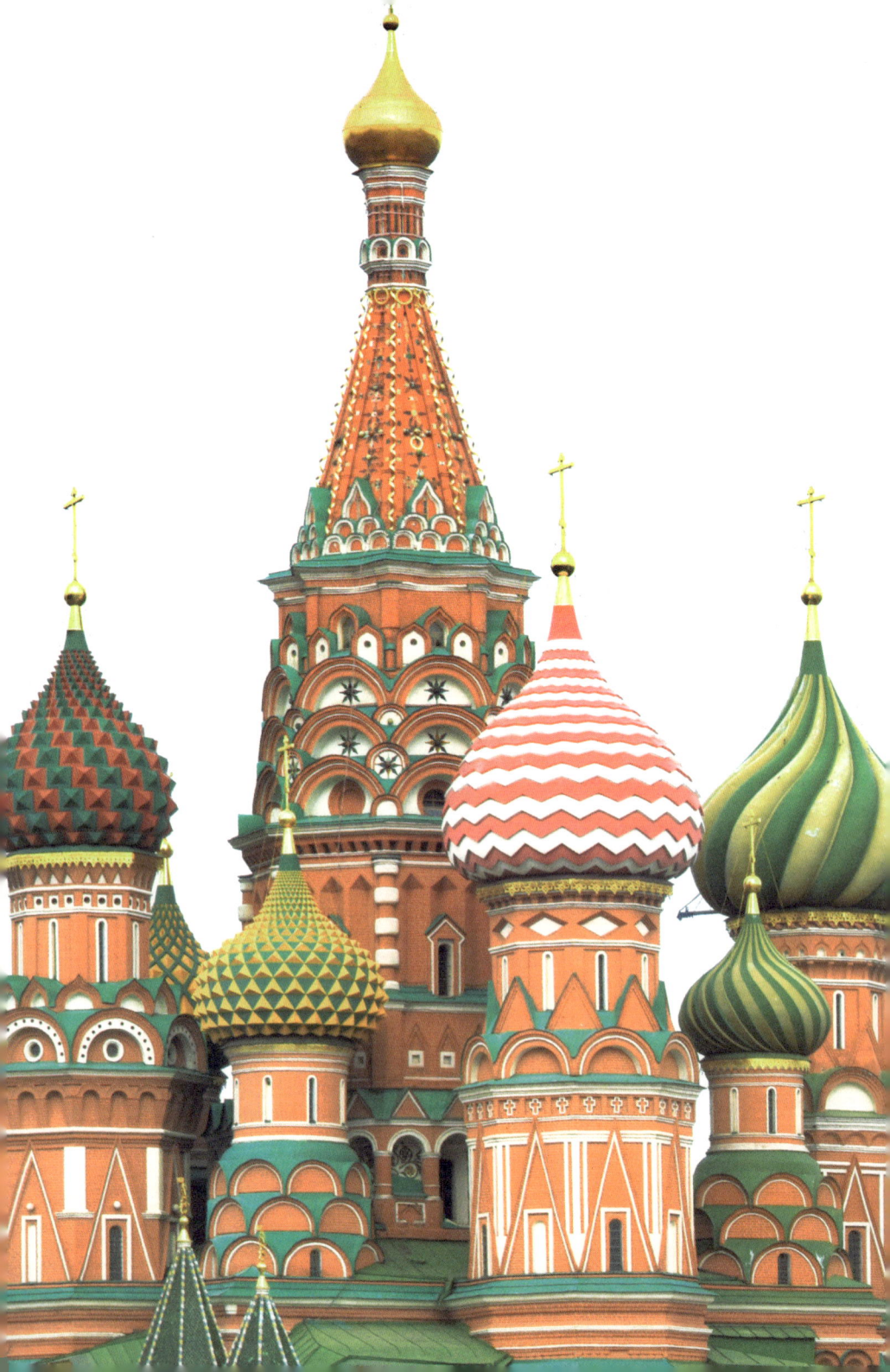

我们流连忘返,
在贝加尔湖畔

纯粹、干净、清澈、灵动。

我已彻底融入贝加尔湖这片仙境中,不愿离开。

西伯利亚的明珠
——伊尔库茨克

离开莫斯科,我把接下来的目的地选在了远东的第二大城市,被誉为"西伯利亚明珠""西伯利亚心脏""东方巴黎"的伊尔库茨克。躲开大城市的喧嚣,寻找一个还未被当今城市化所裹挟的边城,尝试着是否能寻找到原汁原味的俄罗斯。

从1661年开始,就有人移居伊尔库茨克,今天位于市中心安加拉河畔的西伯利亚开拓者纪念碑上的俄文就是纪念被流放到西伯利亚的人们在荒芜、寒冷、艰苦的环境下创建这个美丽城市的壮举。我乘坐的飞机抵达伊尔库茨克上空时天色已暗,通过舷窗俯视这个城市,在夜色的渗透下,整个城市的灯光显得异常耀眼,这种规模的灯海能和美国大城市媲美,以至于让我怀疑飞机飞到了某个西方发达国家的繁华都市,而不是荒寂的西伯利亚地区。这对于我来说是一个美好的开始。

说完好的,再讲点不好的。伊尔库茨克机场的名声可真是不怎么样,被称为"飞机的百慕大三角",我印象中就发生了不少于4次的恶性空难!个人觉得还是飞机驾驶员素质问题,我去过几十个国家,坐过不少国家航空公司的飞机,最害怕的是两家,一家是伊朗马汉航空,另一家就是俄罗斯航空。俄航虽然硬件说得过去,但软件实在让人不敢恭维。我都怀疑俄罗斯飞行员都是从开过山车开始

▲ 伊尔库茨克市区

学习飞机驾驶的。好在这次飞行没有遇到什么冲出机场跑道的意外,安全地抵达了伊尔库茨克。

　　伊尔库茨克机场很小,很破旧,有点中国偏远地区小火车站的意味。斑驳的墙面在向你诉说着它的故事,陈旧的设施在向你展现着它的历史。硬件方面的落后在服务方面得到补偿,让我担心的行李检查在这里却十分严格,必须对照行李牌才能把行李带出机场,比起我在圣彼得堡行李箱被撬的遭遇真是天壤之别。伊尔库茨克机场的候机楼外表是很奇怪的蓝色,介于湖蓝和天蓝中间,楼顶上7个硕大的字母组成AIRPORT这个英文单词,这也是我在伊尔库茨克见到的最大英文招牌,在闹市区、在乡间的公路上、在旅游景点很少再见到英文的标识,此情此景也正印证了英文在俄罗斯的普及程度。记得刚到圣彼得堡时,在凌晨的街头被几个喝多了的俄罗斯青年拉住,被迫开始我们毫无头绪、超级投入的畅所欲言,他们的热情足以掐死任何打断他们说话或企图与他们道别的念头,仅凭酒精的威力维持着我们鸡同鸭讲的欢乐场面。

　　出了机场对伊尔库茨克的第一印象是厚重，城市的建筑、街道的色彩都显得那么厚重，异域风情一下就占据你的大脑。坐在开往酒店的车里，在平视角度的视觉空间里感觉整个城市略显昏暗，与在飞机上俯视角度下的伊尔库茨克的夜景简直是天壤之别。

　　汽车行驶在卡尔·马克思大街、列宁大街上，这两条街是伊尔库茨克最主要、最繁华的街道，但都只限于白天的时段。到了晚间，安静才是伊尔库茨克的主旋律。一路上老旧的建筑默默矗立，两边楼房厚厚的砖墙上镶嵌着若干早已脱落漆皮的木框小窗。透过还未掉光的树叶和略显光秃的树杈之间的缝隙，路灯昏暗的灯光投射在斑驳的墙面上，灯影在夜风的吹拂下在斑驳的墙面上摇曳不停，很有苏联老电影的意味。

▼ 冷清的伊尔库茨克夜晚

我所住的酒店名字是安加拉，就在安加拉河畔，伊尔库茨克州政府的旁边，属于伊尔库茨克市中心，去安加拉河畔或130风情街都很方便。在网上无数的伊尔库茨克旅游攻略里，旅游达人们推荐了遍及市内任何一个角落的酒店，每个人都有自己十足的推荐理由。但我觉得只要是选择在市内住宿，任何一个酒店都不错，因为伊尔库茨克面积不大，步行就可以把市内该去的地方逛一遍，没必要再为位置纠结。安加拉酒店旁边有24小时的超市，极为方便，就是不能使用银联卡，还好往回走几步到酒店大堂里有自助取款机可以用银联取款。超市的旁边就是餐厅，门口用中文写着"这里有红菜汤"。红菜汤俄语叫 Борщ，是一种以红菜为主要材料，保留食材的基本色彩和口感的汤。最为知名的莫斯科红菜汤，除了红菜还包括牛肉等材料。不过说实话，红菜汤虽然在中国很出名，但我一直对它敬而远之。

与酒店一路之隔的就是伊尔库茨克的中心广场——基洛夫广场。广场是以苏联布尔什维克革命者和重要领导人之一的谢尔盖·米洛诺维奇·基洛夫的名字命名的。广场上花园、喷泉、草坪、树荫等一应俱全，还有胖得都快飞不起来的和平鸽和麻雀。广场四周集中着州政府办公大楼、三大教堂、"二战"胜利纪念墙、无名英雄烈士墓、爱情桥、伊尔库茨克开拓者纪念碑、伊尔库茨克凯旋门、安加拉河等众多景点，并且州政府大楼还是列宁大街的起点，楼角上"列宁大街一号"的牌子可以为证。每天早上吃完早饭自己出酒店随便转一圈，就能把这些记录在伊尔库茨克旅游攻略里的著名景点一网打尽，不得不说，安加拉酒店在地理位置上确实是方便。

西伯利亚的蓝眼睛
——贝加尔湖

贝加尔湖近年来成为颇受中国旅游者青睐的旅游目的地，原因不外乎其不到3小时的飞行时间。贝加尔湖对中国游客来说有着和其他国家游客不一样的情结，那就是苏武牧羊的故事。苏武出使匈奴，被扣留，后来在匈奴的北海（现在的贝加尔湖）边牧羊19年，仍然保持着崇高的民族气节。还有就是1689年9月7日《尼布楚条约》后贝加尔湖彻底归属俄国的可悲结局。

贝加尔湖最佳的旅游时间有两个，一个是每年9月20日后去看变色后的树叶，还有一个是每年2月20日后去看湖面上的蓝冰。每年秋天一到，整个贝加尔湖的树叶都会褪去夏日单调的外衣，这颗西伯利亚的蓝眼睛会向来自世界各地的游客暗送自己最美的秋波，展示最有伊尔库茨克韵味的艳秋景色。每年11月到来年4月，贝加尔湖都会有5个月封冻期，冰面的厚度能达到90厘米，在平均气温零下38摄氏度的湖面上，凄厉呼号的寒风把湖水表面化成晶莹透明的坚冰，加上湖水特有的超高透明度形成了贝加尔湖闻名世界的景色——蓝冰。我没在冬季来过贝加尔湖，我担心的是湖面结冰后，北方的"熊瞎子"会不会来到冰面上与游客来个亲密接触？

贝加尔湖是世界上最古老的湖，迄今已有2500万年历史，也是世界上最深的湖，最深处达1637米。它长636千米，平均宽48千米，最宽81千米，面积31500平

▲ 西伯利亚的蓝眼睛——贝加尔湖

方千米。这些数字可能给人留不下什么印象，这么说吧，贝加尔湖的长度约为北京到郑州的直线距离，平均宽度约为苏州市到无锡市的距离，面积相当于比利时。因此贝加尔湖成为世界上蓄水量最大的淡水湖，其总蓄水量23.6万亿立方米，相当于北美洲五大湖蓄水量的总和，约占全球淡水总蓄水量的1/5，若全世界的主要河流均向贝加尔湖注入，则大约需要一年时间才能灌满，湖水可供50亿人饮用半个世纪。即使这样，贝加尔湖好像还不满意，目前仍以每年1厘米的速度扩张着。

贝加尔湖的水不仅水量丰富而且澄澈清冽、稳定透明，是世界第二清澈的湖。游客站在船上，可以用肉眼从水面直接观察到湖面下的情况，那种感觉真是

让我这个来自"雾霾之都"北京的游客记忆深刻。

贝加尔湖还是世界上拥有濒临灭绝的特有动植物最多的湖，濒临灭绝的动物有848种，植物有133种。作为淡水湖的贝加尔湖，却生活着许多地道的海洋生物，如海豹、海螺、龙虾等。它们是怎么来到贝加尔湖定居的？有科学家指出是地球冰冻时期从北冰洋迁徙过来的，但观点刚一出现就遭到了气候学、生物学专家的集体吐槽，至今科学家们也没能给出一个科学的解释。靠着丰富的生物资源，贝加尔湖成为俄罗斯的主要渔场之一，可见这颗西伯利亚的蓝眼睛不单是依靠风景而得名的。

这次同游贝加尔湖的同伴，是在日本旅行时认识的朋友雅琼。我们在贝加尔湖的游船之旅赶上了一个狂风疾雨的糟糕天气。两天前还穿着薄衣服的我，今天一早就换上了毛衣和羽绒服。

▼ 风景如画的贝加尔湖

到了码头游轮还没有抵达，我和雅琼就在路旁的小店躲雨。望向前方的贝加尔湖，前天还清澈湛蓝的湖面今天突然变成了包公的脸色，真黑！在乌云密布的天空笼罩下，高尔基笔下的海燕让湖面掀起的浪头打得无影无踪，湖两岸的茂密丛林也悄然换上青黑色的外套，使人感到压抑。贝加尔湖这个西伯利亚的蓝眼睛一下转变成了伊尔库茨克的黑瞳孔。

船靠岸后所有游客冒雨登上了在风雨中摇曳的观光游轮，其实就是当地渔民以前用作渔业作业的捕鱼船，里面的生活设施一应俱全，卧室、客厅、厨房、厕所应有尽有。所有游客争先恐后地进入舱室里避雨，我一个人来到厨房里发现桌上有一盒水果糖，今天的气温让我身体失去大量的热量，看看两边没人，像个孩子一样拿了人家几块水果糖增加体内消耗殆尽的热量，顺便给雅琼也拿了几块。

我们的游轮掉转船头向着贝加尔湖深处驶去，远方阴暗的天空和黑色的水平面紧紧地缝合在一起，分不清天际线的具体位置。风浪太大，船体剧烈摇晃，让我产生了一种在海上航行的错觉。船上的许多游客都晕船了，后悔在这样的天气来畅游贝加尔湖。我摇摇晃晃地走出一层舱室，原本想在二层的露天甲板上拍摄贝加尔湖两岸的风景，却差点让浪把我掀进贝加尔湖黑色的湖水中。风浪不是唯一的难题，最要命的是温度，湖面呼啸而来的寒风能将羽绒服彻底吹透，紧贴身体的内衣都是冰凉的，平时惯用的哆嗦不但赶不走身上的寒气，反而增加了身体与冰凉内衣之间的接触，我站在原地抖作一团。

赶紧重新躲回到一层舱室的客厅里暖和暖和，客厅里挤满了像我一样选择在这个恶劣天气下观赏湖景的游客。即使客厅里人满为患，但那扇因为船体抖动而永远也关不上的门，让客厅里的气温怎么也不能终止我身体的颤抖。我直接向着舱室深处走去，过道两边除了厕所还有几扇关着的小门，我试着用自己冻僵的手拧开了球形门锁。里面是船员的小型卧室，一张双人床紧贴墙边，余下的空间只能将就放下一张小桌。我赶紧到客厅把雅琼叫了进来，小屋的气温明显比客厅高出许多，墙壁上的圆形悬窗还不耽误她一边欣赏贝加尔湖的雨景一边听我侃侃而谈。

登上岛屿后首先映入眼帘的是岛上的建筑。俄罗斯的建筑，给人印象最深的是色彩搭配——敢于用色！绿色、粉色、红色、白色、明黄、褐色……不管多鲜亮的色彩，俄罗斯人都敢进行看似大胆的搭配。如此用色竟然不会产生任何错乱的感觉，不得不佩服俄罗斯人的美学天赋。就像在圣彼得堡和莫斯科这样的大城市，当身处各式五彩缤纷的建筑中时，整个城市非但不会让人感觉凌乱，反倒有一种进入童话世界的幻觉，甚至连庄严肃穆的教堂在俄罗斯人的艺术天分之下都抛弃了传统的用色，呈现在我们眼前的都是鲜活的色彩，与常人印象中的教堂大相径庭。

岛上所有的房屋都是由木板搭建而成的，屋顶都是人字形斜坡的构造方式，应该是便于冬季积雪下滑的缘故。家家都用木板栅栏围成自己的小院，在自己的庭院种上果树、结浆果的灌木、鲜花和蔬菜，有的人家在院落之中搭上一个秋千，有的人家则摆上石像雕塑，还有的人家直接在地上挖出形状各异的水池，各家各户都发挥着自己与生俱来的艺术想象力，在院落的每一个角落画龙点睛般地实现着自己的田园构思，使这里的每家每户都俨然一个微型的世外桃源。整个岛上就没有两幢相同式样和颜色搭配的房子，配上大自然恩赐给俄罗斯的茂密丛林，让各种颜色的树叶形成天然的五彩装饰，显得如此相得益彰、珠联璧合。

▲ 岛上的木屋色彩艳丽

  在岛上的乡间小路上漫步，身边每个小院都使我好奇。举目四望，半山腰有一家面积最大的独立庭院，从山脚望去，庭院里的树木最为茂盛、花园最为艳丽，我赶紧带着雅琼走过去。

  进入院落之中，让我们俩短时间地融入俄罗斯田园别墅的浓厚韵味之中。看着眼前用原木搭建起来的房屋，仰视着庭院中的参天大树，寻觅着隐藏在灌木丛中的浆果，感受着异国的别有洞天。岛上独有的高负氧离子空气填满我们俩的鼻腔和肺脏，在清新的空气中，闻着从未被污染过的泥土在雨后特有的潮湿味道，呼吸着原始森林般的参天古树被雨水洗刷后的清新气味，嗅着各种鲜花争奇斗艳后留下的袅袅花香。细细聆听雨滴打在五彩斑斓的树叶之上的声音，人字形屋顶房檐下排水道承接每一滴雨水的清脆回响，挂在窗外的风铃被夹有细雨的微风吹过相互撞击而产生的灵动音响，隔壁庭院间的狗叫在空旷的乡间泛起的回声，甚至在如此广袤的寂静森林之中我们俩好像都能听见彼此的呼吸和心跳。贝加尔湖让我们的视觉、嗅觉和听觉好似回到了儿时的纯净状态。纯粹、干净、透彻、灵动，我真没有更多的词汇能表达当时的感受，当时唯一记得的就是疑惑，对自己

▼ 林中的木屋

能亲身进入如此仙境的疑惑，对自己能感受如此虚幻的疑惑，但唯一能肯定的就是我们俩已经实实在在地身处仙境之中不愿离开。

距离开船的时间越来越近，我们依依不舍地离开了私家庭院，顺着乡间小路沿坡而下，路旁停放着20世纪中叶的古董卡车，岁月好似停滞，时间慵懒地趴在乡间湿润的泥土之上一动不动，仿佛整个贝加尔湖都静止在这一刻。我估计"匆匆"这个单词即使翻译成俄语，当地的居民也不会理解其中的意思。展现在我们眼前的画面都好似凝固了一样，如果没有听觉和嗅觉的辅助，真的会怀疑此情此景的真实性，彻底地相信所见到的这一切只是一幅高清晰度的摄影作品。等我缓过神儿来，看着远处铺满鹅卵石河道上潺潺流动的小溪，涓涓泉水不慌不忙地向前流淌着，泥土、小溪、庭院、泉水、古树，所有的一切全都在瞳孔里定格，在大脑中深深地印刻下这永恒的画面。

畅游在东方巴黎
——伊尔库茨克

接下来我和雅琼开始了伊尔库茨克之旅。走过门前的马路来到基洛夫广场，很多当地人聚集在这有着喷泉、草坪、树林的广场里享受俄罗斯西伯利亚地区难得的温暖阳光。

大多数来到广场悠闲打发时间的并不是游人，而是主道两边街椅下等待喂食的鸽子和麻雀。不得不说，俄罗斯的鸽子和麻雀一定十分幸运，降生在这片人和动物如此和谐相处的土地上。所有的鸽子和麻雀紧紧地把坐在街椅上的游人围住，眼巴巴地看着游人，迫使每个游人都掏出食物弯下腰，把食物递到它们眼前。尤其是那些麻雀，常年被广场上络绎不绝的游人喂养，它们的体形已经胖成了O形。丝毫没有夸张，在常年的喂养下，这些麻雀已经很难飞起来，一个个踱着步抢夺食物。只有在游人们捧着食物的手稍微抬高一点的时候，它们才会极不情愿地扑棱着翅膀，勉强能让圆滚滚的身体飞起几十厘米的高度，不然的话，你真看不到这些麻雀会动一下翅膀。雅琼身上并没有带食物，但也坐下来装出要给它们喂食的样子，这样可以抓拍几张人与动物和谐相处的照片。麻雀和鸽子快步走到雅琼身边准备抢夺食物，看到没有食物就悻悻走开，雅琼几番故技重演以骗得它们再次回来，以便能抓拍到最生动的瞬间，但无奈它们已经看穿了我们的把戏，不再理会我们俩。

▲ 墙上的涂鸦

　　广场东南角就是通往卡尔·马克思大街的道路,两边的建筑都是20世纪初的模样,楼层不高墙体厚实,唯一能体现现代风格的是几乎所有窗户都是统一模式的白色塑钢材质,我发自内心地觉得这是伊尔库茨克街景的一处败笔。其实砖红色的楼体质感很有种怀旧色彩,应该配上小格子的木框玻璃窗,哪怕是那种刷着绿漆的铁框玻璃窗也会把人拉进历史的意境中。伊尔库茨克不像伦敦,伦敦的建筑干净整齐,不会显得这么旧,配上白色的塑钢窗显得窗明几净,现代与传统的矛盾没有那么突兀。这里的建筑遍布沧桑,大块脱落的墙皮和年久失修的印记以及各种花纹的铁艺旧阳台上码放着一盆盆的鲜花,完全呈现了历史的厚重。楼体墙面上挂着旧阳台,楼下街道上跑着旧汽车,再加上行人的穿着并不新潮,配合着伊尔库茨克惯有的乌云和阴雨,一部生动的怀旧影片就这么自然而然、日复一

▲ 伊尔库茨克大多都是这种老房子

日地上演着,多好的卖点!我想全世界的旅行者都会被这种怀旧影片所吸引。

还有一处败笔就是街道两边建筑上的空调室外机全都没有遮挡,最奇怪的是这些空调都是我熟悉的品牌:海尔、格力、美的、志高等,而且还不是高档机型,在浓郁俄罗斯风情的怀旧街道,只见砖红色的楼体上突兀地出现了这么多白色空调主机,确实有点不伦不类的感觉。不过也确实有协调一些的搭配,有的砖楼在侧面的位置从下到上整个楼面画了一幅涂鸦,有的则是在外挂楼梯处把涂鸦作为点缀,这种源自美国纽约贫民区的街头艺术不知为什么能和怀旧的俄罗斯传统建筑风格融合。

走到路的尽头,东西方向的大街就是伊尔库茨克最重要的商业街——卡尔·马克思大街。苏联估计留下了上百条的卡尔·马克思大街,比马克思的家乡德国的都多。从1869年起这条大街就是这座城市里最长、最重要的街。原本街道两旁的房屋都是木质建材搭建而成的,后来在大火中全部被烧毁,所以从那时起,政府禁止在这条中心街上新建木头房子。

这条街道是老城区的心脏,几乎横穿整个伊尔库茨克,卡尔·马克思大街和列宁大街交会处的列宁广场是老城区的交通中心,可以通向各个重要的历史建筑。卡尔·马克思大街让我欣喜的是两旁建筑的窗户不再是白色的塑钢窗,而是保留着传统俄罗斯民族气息的木窗。窗户对俄罗斯民族来说有独特的意义,他们认为窗户是通往另一个看不见的世界——亡灵之境的通道,现在的俄罗斯还有一个传统,家人故去后会在窗台摆放水,为亡灵净身。我最喜欢这些房子的木窗,颜色形状几乎都不相同,很多窗户镶着整圈的木质花边,装饰有三角配饰或流水图案,颜色的运用也十分大胆,在老城区的主街上凸显出俄罗斯民族特有的景致。

伊尔库茨克的物价也要低于莫斯科、圣彼得堡这样的大城市,电费是莫斯科

▼ 卡尔·马克思大街

▲ 伊尔库茨克最豪华的百货商场

▼ 伊尔库茨克最现代化的购物中心

的1/6，有当地人说居民家里没有电表、水表、煤气表，按人头象征性收费。在卡尔·马克思大街这条最主要的商业街上遍布高档商场、酒店、餐厅。

商场橱窗里很多香水价格是我国的50%～70%，品牌服装也都很便宜，阿迪达斯的一款旅游鞋折合人民币才300多元，比我国便宜一半不止，世界各国机场的免税店都达不到这样便宜的价格。可是对于我这样一个从不把购物和旅游联系在一起的人，这样一条能让国内白领们欣喜若狂的购物街只能让我产生一个念头——逃走。

眼前就是一个丁字路口，我直接转进了这条垂直于卡尔·马克思大街的街道。一看街角卖小吃饮料的售货亭后面的路牌写着：乌里兹基街。我真是刚逃出"虎穴"又进入"狼群"——这是伊尔库茨克最古老的步行购物街之一。街道两边商店、银行、餐馆、药店、超市一个都不少，很多是19世纪的石头建筑，不过房屋的外装饰都是现代的式样。街道的尽头是伊尔库茨克著名的中央市场。它拥有5层楼高的大型透明玻璃幕墙。看来怎么躲也没躲过去，我干脆和雅琼一起迈上台阶直接进去。一进大厅正好有个座位，旁边的小铺还有Wi-Fi，我就索性坐下玩手机了，逛商场可不是我的强项。

不知过了多长时间，我们终于回到乌里兹基大街上。天气明显阴了许多，气温下降得厉害，加上我们已经走了一天，也该补充一下体力了。我们商量了一下，不如买点俄罗斯的特色食品和当地用清澈的贝加尔湖水酿造的啤酒，直接回酒店边聊边吃，于是我们俩走进卡尔·马克思大街一家著名的24小时超市里。超市里商品的价格让我们感到意外：当地产的商品简直便宜得令人发指。超市里20斤的桶装矿泉水只需人民币4元，一条不小的贝加尔湖熏鱼折合人民币是9元，各种让人垂涎欲滴的俄罗斯香肠也便宜得让我们怀疑是不是用淀粉做的。我们买了一些食品和啤酒回到酒店大快朵颐。

天色渐渐暗了下来，向窗外望去，基洛夫广场好似换了一套深色的礼服，在街灯的映衬下开始展示自己神秘的另一面。酒足饭饱后，我们重新走出酒店，开始领略夜色下伊尔库茨克诱人的身姿。走到街上明显感到气温的飞快下降，明明没下雨，路面却湿湿的，路灯的灯光在潮湿的空气里柔和成了一朵朵耀眼的光晕，不能肆意地向远方延伸。路边商店的招牌纷纷亮起，赶走了白天街道上呈现的一片古朴景象，现代都市傍晚霓虹初上的伊尔库茨克的闹市区，亚克力板、霓虹灯管的户外广告时刻提醒着人们这里不是发达的西方国家，而是处处都彰显着庞大帝国印记的俄罗斯。

伊尔库茨克有一点很不错，就是治安没有问题，不像美国或南非那样的国家，晚间的市中心立马成了是非之地，在这里晚上带个相机出去照相不会担心被人抢走。天色一黑，街上的行人就跟家养的鸡一样纷纷回到窝里，白天热闹的卡尔·马克思大街一下萧瑟下来，冷冷清清的街道好像宵禁了一样，不过对拍摄夜景来说却是十分难得。我和雅琼边聊边走边看，不知不觉已经在市中心走了一天，但连闹市区真正的景点都没逛几个，看来小小的伊尔库茨克市区还真不是花一天时间走马观花就能看完的。

我们来到130风情街的时候，路面因下了一天的雨而有些泥泞。风情街的入口是伊尔库茨克的市标——海狸衔紫貂，伊尔库茨克州的旗帜、市徽上都印有这个标志，象征着力量与财富。

130风情街是伊尔库茨克白领小资和游客的最爱，这里有不少洋溢着文艺气息的餐厅、咖啡馆、酒吧以及时尚的购物广场。风情街分上下两条步行街，将所有机动车都与人彻底隔离开来，使来游览风情街的游客可以安心在上下两条街道里细心体会西伯利亚风情。

颜色！多彩的颜色！这是我印象最深的记忆，这条街道的多彩是有别于伊尔库茨克其他街道的最主要特色。

精致！崭新的精致！这是让我体会最深的感觉。这条街道崭新精致，有别于伊尔库茨克其他年久失修的街道。在略显沧桑的伊尔库茨克老城区的旁边，一条崭新的俄罗斯风情街安坐其中，令来自全世界的游客赏心悦目。橘红色的现代式

▲ 130 风情街

样的电话亭配上深棕色原木搭建的传统建筑,精致的传统石材建造的房屋里面却是放着摇滚乐的现代酒吧。可惜的是整个伊尔库茨克都是满街的俄文,街边的店铺要是不进去看一下,真不知道是做什么的。

伊尔库茨克的情人
——安加拉河

世界上最大的淡水湖贝加尔湖有336条河流注入其中,但只有一条河——安加拉河,从湖泊流出。安加拉河给我的感觉就像是伊尔库茨克的情人,它陪伴着这个美丽的西伯利亚城市,永远不离不弃。这次的伊尔库茨克之旅两次来到了安加拉河边,一次是在静寂的乡村里,一次是在伊尔库茨克的市中心。游玩的地点不同,安加拉河也配合着周围景物的变化,为游人们展现自己不一样的魅力。

第一次来,是坐车来到距离伊尔库茨克几十千米的、被森林覆盖着的塔利茨博物馆参观时,在森林里看到寂静的安加拉河。记得那个清晨晴空万里,我们乘坐的老苏联汽车一路上都在一望无际的森林里穿梭,视神经完全被4种色系所占据:天空的蓝色、树叶的绿色、树干的棕色和公路的青灰色,呈现在眼睛里的画面极为干净、清晰。在西伯利亚这片净土之上,无论是花朵的争奇斗艳还是碧空青山的纯色搭配,都会让你在透明度极高的清新空气中感到赏心悦目。

塔利茨博物馆坐落在一片绿林中。1969年10月13日建伊尔库茨克水库的时

▲ 寂静的安加拉河

候，分别从各地将150座典型的木屋整体搬迁至此。在这位于安加拉河畔的西伯利亚最大的木制建筑博物馆里，展品静静地述说着17—20世纪贝加尔湖沿岸人民的日常文化生活，其中也包括许多东方游牧民族的生活设施：埃文基人的兽皮、桦皮帐篷，布里亚特贫民的蒙古包、木制小屋，以及草棚、粮仓、澡堂、鸡舍等，展现了西伯利亚地区民居木屋的演化过程，是当时西伯利亚人居住和生活的真实写照。进到这些沧桑凝重的木屋中，可以看到古老纺车、高板床和俄式炉灶。展示的建筑和屋内陈设、屋外的生产工具等全都是还原移建而来，尽量保持

▲ 传统的俄罗斯木屋

原有的古朴淳厚，屋内居民的生活用具、屋外摆放的生产工具、宗教场所都在向游客讲述着那个时代的历史。

出了塔利茨博物馆，沿着林间小道向前走，视野逐渐开阔。巨型的原木栅栏挡在安加拉河边，木制的栈道直接插向河中间。清新的泥土在绿色的乡间画出一条曲折的小路，蜿蜒伸向不远处的村庄。森林、村庄、河水、泥土、蓝天、栈桥、木屋都是那么清晰真实，原原本本、实实在在地展示着自己最本真的色彩。干净、清新的环境像是在无菌的人工实验室里制造出来的，我尽情地把安加拉河畔清新的富含高浓度负氧离子的空气吸进身体，挤占体内每一处被恶劣空气侵占了的细胞空间。

村庄后面就是一望无际的森林，俄罗斯人自古以来与动物和谐相处的传统让这里的森林遍布野生动物，如果胆子够大往里走150千米就有可能遇到熊、虎等大型猛兽。坐在河边整根大原木搭建的栅栏上遥望河对面的青山翠柏，看着不远处俄罗斯孩子们在原木桩做成的秋千上玩耍，躲避着清澈河水反射过来的刺眼光线，呼吸着湿润泥土散发出的大地气息。这里的光线可以毫无遮拦地洒在身上，使人在清凉透爽的空气中感受阳光的温暖，这令我由衷地羡慕在这里土生土长的当地村民，这才是生活！与其形成强烈反差的是我这样来自大都市的只会生存而早已忘记生活的"现代人"。

第二次见到安加拉河就在我们住的酒店旁边，在河的附近有很多伊尔库茨克最重要的历史文化景点。那天早上我醒来后透过薄薄的纱帘看了一眼窗外，前日晴朗的天空被乌云取代，隐约听到外面传来雨滴敲打树叶的声音。看来今日的安加拉河文化之旅开局不大顺利。起床打开窗户，亲身测了一下外面的气温，还没来得及推算出多少度，就看到楼下的当地人已经穿上了羽绒服或厚皮夹克，凄凉的画面配上冰冷的风雨声，我二话不说就把厚衣服全套在了身上，按照约定时间在大厅等待雅琼，准备一起开始安加拉河文化之旅。

小小的伊尔库茨克竟然有70多座大大小小的教堂，当然了，绝大多数是东正教堂。虽然俄罗斯有约6成的居民信奉东正教，不过就在酒店不远处，有座伊尔库茨克唯一的天主教堂——波兰救世主大教堂。早上和雅琼一起从酒店出来向着安加拉河走去，最多三四分钟我们就来到了波兰救世主大教堂门口。历史上曾经有超过二十万波兰人被流放到西伯利亚，他们都信奉天主教，所以政府允许他们修建自己的教堂，这个教堂就是波兰移民百年前建造的，属于晚期哥特式建筑风格。砖红色的外观，大门上面顶部有个区别于东正教的十字架，再配上尖尖的屋顶，明白无误地传达出天主教堂的迥异风格。进入教堂，里面的管风琴非常大，莫斯科国立柴可夫斯基音乐学院的两个音乐专业的毕业生，自1978年以来就在这里从事创作、表演和教学工作。在我国由于偶尔能看见天主教堂便已经很熟悉其外观，第一次在上海远远地见到东正教堂的洋葱式圆顶时，觉得怎么看都别扭，过了一会儿才反应过来这是东正教堂。在伊尔库茨克正好相反，看惯了遍布市里

的东正教堂后,第一眼看到天主教堂先是一愣,等反应过来这是一个哥特式建筑后,才确定在这个东正教盛行的国家的小城市里还会有个天主教堂。

波兰救世主大教堂的对面就是伊尔库茨克第二古老的建筑,即救世主教堂。风格为西伯利亚巴洛克式,可以从其镶板、浮雕和多层的花框看出来。这幢白色的建筑把最美的一面留在了每年的12月到来年1月,那时是伊尔库茨克的雾凇季节。白色的雾凇、白色的建筑和白色的大地,构成一个雪精灵的童话世界。

继续往安加拉河边走去,与安加拉河一街之隔的就是主显节大教堂,这座建于1693年的教堂是伊尔库茨克第二座石头建筑(第一座石头建筑是警察办公室,没有保留下来),早期结构是用木头做的,经历火灾后于1718年改建为石头建筑。后来又建了钟楼并安放了重达12吨的钟。十月革命后,主显节大教堂被关闭,并在建筑中安置了一家面包店,大教堂还被辟为宿舍。1968年,拆除了面包

▼ 伊尔库茨克东正教堂

烤炉，开始恢复大教堂，直到1994年，主显节大教堂被移交伊尔库茨克教区，很快开始为教区服务。

在来主显节大教堂的路上我碰见一个50岁左右的乞丐大妈，我正好有10卢布零钱就递给了她，没想到3个十几岁的小乞丐不知道从哪里冒了出来，一下就把我围住并伸手乞讨。我没搭理他们，径直向着雅琼走过去，没想到伊尔库茨克的乞丐如此执着，3个人以我为中心，绕着圈儿地一直陪我走到马路的另一边，根本没有放弃的打算，其实以前白天我也见过整日在街头晃悠的年轻乞丐，但是怎么也想不到这种俄式乞讨法，真不能怪我无能，确实是"敌人"太狡猾。正当我腹背受敌时，一位雷锋似的人物突然出现在我面前，正义凛然地大声呵斥，三个小乞丐讪讪地走开。这个人不是别人，正是那位我给了她10卢布的乞丐大妈。说句实话，俄罗斯国民的素质比较高，不管是在莫斯科、圣彼得堡这样的大城市还是在西伯利亚伊尔库茨克这样的小城市，大街上别说随地吐痰，就连随手扔烟头的行人都少见。伊尔库茨克也就像国内的四线城市，而且十分老旧，路两边楼体的墙面斑驳，人行道年久失修、千疮百孔，但街面的卫生状况确实令人佩服，最起码比纽约曼哈顿这样纸醉金迷的繁华之地要干净百倍。

与主显节大教堂一街之隔就是安加拉河。可算看见今天的主角了，这个伊尔库茨克永远的情人。走过街道，挡在我和安加拉河之间的是莫斯科凯旋门和开拓者纪念碑，它们可谓是伊尔库茨克城的骄傲。凯旋门是严格仿照1811年的亚历山大一世凯旋门建造的，在20世纪20年代被拆除，今天屹立在这里的是近年来按照老照片复建的。中国制造已经深刻影响着俄罗斯西伯利亚及远东地区，凯旋门明显有中国制造的身影——它底下的防盗门上赫然刻着"金灿灿"3个汉字。

开拓者纪念碑的雕像塑造的并非某个人，而是代表所有伊尔库茨克的开拓者，为纪念当时（1661年）被流放到西伯利亚的人们在艰苦的环境下建起了这个美丽的城市。一个身着大衣右手扶枪的勇士勇往直前地行走在西伯利亚大地上，其身姿、神态、气势刻画得惟妙惟肖，在细节的处理上也是精益求精，大衣的下

▲ 开拓者纪念碑

摆、脸部的胡须以及枪上的雕饰都是无可挑剔的，给人一种筚路蓝缕的震撼感。

雕像的后面就是安加拉河，科学家们曾做过有趣的假设：若无其他河流注入贝加尔湖，以安加拉河的年平均流量，需40年才能把贝加尔湖的湖水流干。这条河在千万年来一直兢兢业业地把贝加尔湖的湖水运往遥远的北冰洋，忠实地履行着自己的职责。

依偎在安加拉河边的栏杆上，想象着河上的帆船、远处的小木屋、河边垂钓的老人、热恋中的男女……这幅流动的画面已经在这里重复上演了几百年，时间好像并没有想改变什么，只是安静地看着这一切在周而复始地循环着。放晴后的天空让阳光可以肆意洒在河岸两边任何一个角落，目光所及之处加上我们不超过

▲ 爱情锁桥上的爱情锁

10个人,空旷的环境允许你在安加拉河畔展开任意的想象,清新的空气帮助你在安静的河水边将大脑腾空。伊尔库茨克州面积76.79万平方千米,人口却只有260万。不得不说上帝真是宠爱俄罗斯这个国家,如此富饶的土地养育如此稀少的国人,难怪这个国家的生活节奏是如此舒缓。

安加拉河被称为伊尔库茨克永远的情人,可能也正因为如此,河边的铁栅栏上挂着无数把形态各异的爱情锁,在河不远处有座跨越马路直通无名烈士墓的爱情锁桥,桥上爱情锁的数量虽不及巴黎连接卢浮宫和法兰西学院的爱情锁桥上的多,但远远看去也很壮观。情侣们不知道在哪里定做的形色各异的爱情锁,从质地到形状、从颜色到大小,都展现着俄罗斯人的美学天分。其中一个栅栏柱子上用中文写着"有你在就很安心 2009-11-14",在众多用俄文写着名字的各种颜色、各种式样的爱情锁中显得极为醒目。

▼ 无名烈士墓

▲ 无名烈士墓前的童子军

跨越爱情锁桥后就来到了胜利广场，"二战"的战火并没有波及伊尔库茨克，但据说仍有四分之一的年轻男子死在战场。广场上的无名烈士墓就是为纪念他们而建的，前面还有一个建在银色五角星形基座上永不熄灭的长明火，以纪念逝去的英雄们。令我感到奇怪的是，这个墓地居然是当地人结婚时必到的地方，一对对穿着婚纱礼服的新人都要跑到这个广场上来完成自己的婚姻大事，旁边的救世主教堂前有象征着爱情的雕塑，但结婚来墓地这个风俗对我这个中国人来说实在难以接受。

无名烈士墓每隔一小时就有换岗仪式，广场上的长明火白天都有童子军守卫，童子军都是十几岁的年轻人，广场旁边一群等待轮岗的童子军很认真地在练着正步，不过水平实在不敢恭维。当我们看童子军练习正步时，旁边出现了3个十几岁的男孩，看着特别眼熟。雅琼赶紧拉着我走开，这才让我想起这3个孩子就是刚才围着我乞讨的小乞丐。

走到了州政府的侧面，楼上的路牌显示这里是列宁路，这里就是著名的列

▲ 喀山圣母大教堂

宁路的起点。伊尔库茨克州政府的所在地原来是喀山大教堂，这座教堂在火灾焚毁后，曾重新修建得很宏伟，十月革命期间钟楼上曾架着机关枪扫射周围街道，革命后教堂被拆毁，在其位置上修建了现在的伊尔库茨克州政府大楼，原来大教堂的小尖顶还在，就安放在州政府的旁边。现在的喀山圣母大教堂并不在市中心，但却是伊尔库茨克最大的教堂，也是当地人的精神家园，喀山圣母是俄罗斯大地的守护者，所以在俄罗斯的莫斯科、圣彼得堡和伊尔库茨克都有喀山圣母大教堂。我个人还是喜欢圣彼得堡那座位于涅瓦大街的喀山圣母大教堂，气势宏伟、庄严肃穆，不像伊尔库茨克这座那么卡通。

除了教堂以外，伊尔库茨克还有一座很知名的修道院——兹纳缅斯基修道院。它是西伯利亚最为古老的修道院之一，站在安加拉河边的开拓者雕像那里就能看到，也是游览安加拉河时顺便参观的著名景点。记得我和雅琼来到修道院的那天正赶上一个凄风苦雨的下午，把带来的所有衣服套在身上以后还是浑身哆嗦。透过写着不完整俄文单词的车窗，看着整个伊尔库茨克被阴霾笼罩，街上的松树被寒风吹得不再挺拔，每一个冰冷的雨滴落在地面上的时候，我浑身的毛孔都很配合地紧缩一下。汽车绕过一个环岛，修道院就位于这个嘈杂环岛后面的一座绿树成荫的花园中。这座俄罗斯东部最大的修道院建于1762年，里面有很多名人的墓地。修道院内有着壮观的壁画穹顶、高大的圣帷和一具金棺。棺内放着一位西伯利亚传教士的遗骸，这具不朽之身被东正教视为圣物，很多教徒不远万里前来瞻仰。这里之所以出名是因为安葬着俄罗斯著名的十二月党人和他们的妻子，在苏联时期一直被关闭，直到1994年才重新开放，已经成为拜祭十二月党人的重要地点。

安加拉河水依然依偎着伊尔库茨克静静地流淌着，从古至今，它始终静静地注视着沙皇俄国、苏联以及现在的俄罗斯，眼看着历史变迁，没有责备、没有反抗、没有挣扎，而是默默地用清澈的河水洗刷着历史，安详地依偎着伊尔库茨克，无怨无悔地做它永远的情人，过去、现在、未来已不具有时间上的意义，而是对它们永久相生相伴的一种印证。

本图书由北京出版集团有限责任公司依据与京版梅尔杜蒙（北京）文化传媒有限公司协议授权出版。
This book is published by Beijing Publishing Group Co. Ltd. (BPG) under the arrangement with BPG MAIRDUMONT Media Ltd. (BPG MD).

京版梅尔杜蒙（北京）文化传媒有限公司是由中方出版单位北京出版集团有限责任公司与德方出版单位梅尔杜蒙国际控股有限公司共同设立的中外合资公司。公司致力于成为最好的旅游内容提供者，在中国市场开展了图书出版、数字信息服务和线下服务三大业务。
BPG MD is a joint venture established by Chinese publisher BPG and German publisher MAIRDUMONT GmbH & Co. KG. The company aims to be the best travel content provider in China and creates book publications, digital information and offline services for the Chinese market.

北京出版集团有限责任公司是北京市属最大的综合性出版机构，前身为1948年成立的北平大众书店。经过数十年的发展，北京出版集团现已发展成为拥有多家专业出版社、杂志社和十余家子公司的大型国有文化企业。
Beijing Publishing Group Co. Ltd. is the largest municipal publishing house in Beijing, established in 1948, formerly known as Beijing Public Bookstore. After decades of development, BPG now owns a number of book and magazine publishing houses and holds more than 10 subsidiaries of state-owned cultural enterprises.

德国梅尔杜蒙国际控股有限公司成立于1948年，致力于旅游信息服务业。这一家族式出版企业始终坚持关注新世界及文化的发现和探索。作为欧洲旅游信息服务的市场领导者，梅尔杜蒙公司提供丰富的旅游指南、地图、旅游门户网站、App应用程序以及其他相关旅游服务；拥有Marco Polo、DUMONT、Baedeker等诸多市场领先的旅游信息品牌。
MAIRDUMONT GmbH & Co. KG was founded in 1948 in Germany with the passion for travelling. Discovering the world and exploring new countries and cultures has since been the focus of the still family owned publishing group. As the market leader in Europe for travel information it offers a large portfolio of travel guides, maps, travel and mobility portals, Apps as well as other touristic services. Its market leading travel information brands include Marco Polo, DUMONT, and Baedeker.

DUMONT 是德国科隆梅尔杜蒙国际控股有限公司所有的注册商标。
DUMONT is the registered trademark of Mediengruppe DuMont Schauberg, Cologne, Germany.

杜蒙·阅途 是京版梅尔杜蒙（北京）文化传媒有限公司所有的注册商标。
杜蒙·阅途 is the registered trademark of BPG MAIRDUMONT Media Ltd. (Beijing).